U0754664

有爱的青春陪伴者

甜蜜上旋

—— 巫念顾 著 ——

TIANMI
SHANGXUAN

花山文艺出版社

图书在版编目（CIP）数据

甜蜜上旋 / 巫念顾著. —石家庄：花山文艺出版社，2019.7
ISBN 978-7-5511-4641-8

Ⅰ．①甜… Ⅱ．①巫… Ⅲ．①长篇小说－中国－当代Ⅳ．①I247.5

中国版本图书馆CIP数据核字（2019）第091318号

书　　名：	甜蜜上旋
著　　者：	巫念顾
策　　划：	张采鑫
责任编辑：	董　舸
特约编辑：	阿　灯
美术编辑：	胡彤亮
责任校对：	齐　欣
封面设计：	刘　艳
内页设计：	cain酱
封面绘制：	高梦雪
出版发行：	花山文艺出版社（邮政编码：050061）
	（河北省石家庄市友谊北大街330号）
销售热线：	0311-88643221/29/35/26
传　　真：	0311-88643225
印　　刷：	长沙鸿发印务实业有限公司
经　　销：	新华书店
开　　本：	889×1194　1/32
印　　张：	9
字　　数：	200千字
版　　次：	2019年7月第1版
	2019年7月第1次印刷
书　　号：	ISBN 978-7-5511-4641-8
定　　价：	36.80元

目　录

目 录

第一章

"小风哥,这么纯情?"

♥ Tian Mi Shang Xuan

1.

景区发生地震的时候，钟荧带队的学生会成员正在和当地的藏族人民跳锅庄舞。

初秋临近傍晚的光景，白昼显得十分漫长。将暗未暗的天色下，当地人民正捧着木柴，为即将到来的夜晚添篝火。在突如其来的强烈晃动中，藏民手中的木柴滚落一地，围着广场跳舞的一群人也已经东歪西倒地尖叫了起来。

"地……地震了！"

"喂——小心点别踩到我！"

"妈呀……我才第一次来南方就碰上地震了！"

钟荧只觉在一片喧闹中眩晕得有些站不稳脚，等地动山摇结束之后，她才心有余悸地从地上撑坐起来。

也顾不上拍掉身上的灰尘，钟荧就已经一边扶起摔倒在地的学妹，一边着急地四处张望："A大有受伤的吗？快都来我这儿集合一下！"

还好他们正处于空旷的场地上，在这儿跳锅庄舞的学生会成员很快就来齐了。旁边就是一排排古镇楼房，在地震发生后的第一时间，古镇的工作人员就赶了过来，趁余震还没到来，想要尽可能地将游客往安全地带转移。

转移的人群闹闹哄哄的，大多都还在讨论刚才劫后余生的恐惧感。

钟荧朝后看了一眼宣传部部长陈远正在后面安抚人心，她只能掏出手机尽可能地刷出有关地震更多的消息。

可最多也才只知道是 7 级地震，而且震源就离他们所处的景区不到八公里。

钟荧略微皱了下眉，握着手机穿过人群朝前面带队的工作人员挤过去。她是这次活动的负责人，必须摸清更多的实时情况。

"嗯嗯？你刚才问的什么？哦哦，对——景区出入口的道路已经出现了裂痕，汽车暂时还不好通行……"

"但是在里面的，我们每一个景区工作人员都已经在及时参与救灾了。本地的消防员也很快就赶过来了，你们放心……"

钟荧挤过去，工作人员正在耐心地回答身边每一个游客的问题。

"……对啊，就更别说深处的瀑布了，那可是我们景区最负盛名的景点啊！等再晚一点，还不到深秋的时候，红叶铺满山，那景色可好看了，可现在这……唉，这回太糟心了……"

钟荧原本在一旁静静听着，直到听见"瀑布"两个字，才像是猛地想起了什么似的，一转身，也不顾汹涌的人流又重新挤回灾区。

网球社的都还在瀑布附近对决……

地震发生前，听一位同学说——又有大三的学长非要和刚进校的顾风同学 PK，所以也就还有一大半的网球社社员留在那儿兴致勃勃地观战。

这是Ａ大学生会促进校友情感交流（俗称联谊）的活动。每年初秋都会组织学生自愿出游，而钟荧作为大三在校的还单着身的学生会高层被迫带头组织了此次活动。

记得当时学生会会长搂着女友的小细腰，还一脸自认为是办好事的笑容："荧荧呀，单身不是你的错，还不去争取就是你的问题了。你看看人家宣传部部长的觉悟多高，积极响应组织的号召！还恨不得再招揽一些小学妹参加这次的情感交流。"

这话气得钟荧直翻白眼："他就这个月正好单着而已！"

"你看人家单一个月都不闲着，再看看你！"

"……"

"而且这一届新生我瞅着有很多身材不错的小学弟哦，难道你就不喜欢年轻的'小鲜肉'吗？"

顾屿然和顾风就是最完美的存在了，她不会再觊觎其他任何人的……样貌身材。

但钟荧对于顾风也会参加这种联谊还是有些意外的，她还一直以为他眼中只有网球。

有好心的游客扯着钟荧的衣袖，担忧地把她拽住："哎……小妹妹你往哪儿跑？这边才是安全区——"

"谢谢，我朋友还在里面。"

他们刚才只是在平坦的古镇活动，再往深处走，才是崇山峻岭、绿树掩映的自然风光区。

可是往自然景区通行的道路已经被震得崎岖难行，碎石遍地。不少游客三三两两地互相搀扶着从里面走出来，夜幕逐渐渲染开来，远方的天际灰蒙而阴沉，只露出一小片依稀的白色光晕。

景区的救援人员正抬着担架陆陆续续运送着伤员出来。

可是离深处的瀑布还有一半的路程，钟荧打开手机的灯光继续向前行进。

这里信号不好，一直联系不上网球社的社员，每一次看到有人被担架抬出来，她的心都会被狠狠揪一下，连呼吸都跟着难受，她生怕下一个被抬出的就是顾风他们。

之后的道路彻底被一块巨大的落石近乎全部挡住。钟荧想要沿着塌陷的路边绕过去，这才终于被救援人员发现。

救援人员抓住这个一直在往重灾区跑的小姑娘："嘿——别再往里走！快回去！"

被抓住的钟荧怎么拜托，也不再被允许往里面走了。

夹杂着泥土和血腥味的晚风中，钟荧急得都要哭了，然后就远远地看到以顾风为首，穿着蓝白社服的学生们一个个地出现在前面的转弯处。他们背着受伤的同学和游客从道路深处朝她走来。

顾风埋头走在最前面，他的左面高耸着摇摇欲坠的山崖，右面便是波光粼粼的湖面。

他挎了两个网球包还背着个大三的学长，身后社员一个个社服都弄得脏兮兮的，可走出来却像是带着光。

钟荧喜极而泣地朝他奔过去，天色黑，什么也注意不到，结果被尖锐的落石擦破了皮，直接吃痛地蹲在地上又是泪眼汪汪。

然后上一秒还背着受伤学长的顾风，下一秒就把平头学长扔在原地，还背着两个笨重的包呢，却轻而易举地单手撑在挡在路面的巨石上，然后侧身跃了过来。

"喂，顾风你背我走到一半跑个毛线！"被扔在地上的平头学长揉着屁股扯着嗓门儿喊。

旁边还扶着另一个社员的男生走过来，停到平头学长身边，却直着身子不准备扶起他，眼神很是厌恶："消停点儿，要不是想着PK的时候把你虐惨了，小风哥还不愿意背你呢。"

2.

看到小腿上的血口子快有半根手指那么宽的时候，钟荧一边痛苦地拧着眉毛，一边抽出面纸准备擦拭伤口，握着面纸的右手手腕却被人忽然抓住。钟荧察觉到身前投下了一片阴影，她仰了下头，就见向来冷冽的男生跟着蹲下身，微微张了张嘴："我来。"

手腕被人抓住，小腿又被他这样一直盯着，钟荧有些受不了这么近的气息："我自己来就可以了。"

顾风没说话，他略微抬头看了眼腾不出手的救援人员，随后直接拧开了背包里的矿泉水，又低头看着钟荧小腿上的伤口皱了下眉，抬头看了她一眼："会有点痛，忍一下。"

她一直在忍呢……特别是在小她三岁的这个男生面前。

钟荧点了点头。

虽然顾风给她冲洗伤口的动作既轻柔又快捷，但是钻心的痛就仿佛直冲上脑门，她一个劲儿倒吸着冷气，双手都攥紧成拳了。然后在她还没反应过来的时候，就见停顿了一瞬的男生将她的平底凉鞋脱了下来，网球社的社员们已经陆陆续续绕过巨石走到了这边的安全地带。

然后一群洋溢着青春活力的社员，原本还单纯地以为冷面的顾风只是心善，直到女生的凉鞋被他脱下来后，才纷纷秒懂般地吹着口哨散开——

"哎哎哎，我还可以再背几回游客出来！"

"我可以一晚背三回！"

"我一晚六回！"

"我努力努力还是可以一晚八回的！"

几个好心的社员一边粗着脖子红着脸争执，一边往重灾区走，俨然没注意身旁那诧异的目光。

路过的中年男人一边抽着烟一边眯了眯双眼，现在的小孩儿都这么强的吗？

而钟荧也显然没料到顾风会这么做，男生的手掌有些灼人，她难为情地想要收回被他握住的脚踝："小风……"

"嗯？"顾风微微抬了下头，两人一个蹲着，一个坐在路牙边，男生的眸就像沉入深海的琥珀，冷冽而干净。

顾风看着她，悄无声息地将自己右手手腕上的蓝色护腕取下，然后再次抬起她的脚踝，将护腕戴在了她的伤口处暂时止血。

见状，钟荧震惊："这是阿姨今年才送你的护腕啊……"

"她去年送我的也是护腕。"顿了顿，似乎是为了不让女生歉疚，男生又补充了一句，"前年也送的护腕，我有很多。"

顾风这才站起身四处看了眼，毫发无损的社员已经帮着救援人员去重灾区救助其他人了，道路对面还坐着几名受伤的社员，救护人员应该很快就能赶来治疗。

他思忖了一瞬，随后走向受伤的社员，声音干净而利落："待会儿医生来了麻烦他们再给钟荧包扎一下，她是第一次受这么重的

伤。"

应声答应下来的社员有些茫然地点点头，心想钟学姐的前半生真是顺风顺水啊，这么一处小口子跟玩儿一样的伤竟然都是最严重的、足以让小风哥脑子里的警铃直响的伤口了……

而钟荧还在一旁止不住地懊恼，原本是打算去瀑布找他们，反倒添了倒忙，这时，一双红白色的球鞋停在了她的身前。

周围的光很暗，钟荧刚想抬头看一眼，一件轻薄的外套就被人搭在了她的头上。

温润的山风吹得景区里的树木沙沙作响，因为女生抬头的姿势，搭在头顶的外套顺着滑了下来，就见顾风正好转过身朝她淡淡地挥了下手："走了。"便又跟着返回了重灾区。

3.

钟荧没等多久，从市区赶来的医护人员和消防员便将他们送到了古镇的安全区域。

这时，钟荧的手机一连响了好几声。宣传部部长陈远已经给她打了快十个电话，之前在山区没信号，她一个都没接到。

钟荧拨过去连个忙音都没有电话就被接通了，那头的陈远跟着就吼了过来："钟荧你死哪儿去了，这么久才接我电话！"

"我去找顾风他们啦，你放心，大家都很好，你把小学妹们照顾好就行。"

电话那头的人有好一会儿都被她气得说不出话来，沉默了很久，陈远才憋出了一句："你比她们麻烦多了！"

"对对对，我知道小学妹们比我乖巧多了，还有什么要嫌弃的吗？"钟荧是出了名的好脾气，她这个软柿子连她自己都不想捏。

陈远犹豫了好一会儿，才很别扭地问了句："要我过去陪你吗？"

"不用。"

下一秒，陈远就不客气地挂断了电话。

钟荧已经感觉不到小腿的伤口在痛了，打算帮着把受伤的人员扶到医生那里检查，就听到刚才被顾风背回来的平头学长正一脸难受地对医生控诉："再好好帮我检查一下右肩，都要酸痛死了！"

医生睨了他一眼："砸伤的不是左脚吗？右肩又怎么了？"

"被一个狂小子打的！"

这话刚一出，旁边的社员就坐不住了："明明是学长你从开始就一直挑衅小风的！"

平头学长骂骂咧咧的，一看就不是好惹的："神经病吧，出来联谊约个妹还要装样儿穿社服就该被骂啊！"

那几个小社员也穿着蓝白社服，他们互相对视一眼，其中一人说："我们爱网球社有问题吗？"

"那他不让我输五十个球就不让我走，又怎么说？"

"学长你如果不说什么惹小风的话，他应该连和你 PK 都不屑呢！"

平头学长眼看要粗着脖子跳起来，一副下一刻就要挽衣袖打人的架势，把几个初出茅庐的大一新社员吓了一跳。

还好心宽体胖的女医生看不下去了，于她而言，正好是顺手轻轻一推而已，就把平头男跟跄地推出去了好几步，然后望向另一边："下一个。"

平头男愣了一瞬，又跛着脚跳回去："医生你还没给我看呢。"

"不是还可以骂架吗？既然这么有精力，就再重新排一下队吧。"

钟荧把下一位受伤的游客扶过去就打算再出去帮忙，就见安分地在墙边蹲成一排，刚才和平头男互怼的几个小社员十分殷勤地朝她招着手："钟学姐来这里来这里！"

他们也才刚包扎了伤口，简陋的医疗处人满为患，他们让出了座椅只能蹲在角落休息。

"怎么啦？"钟荧一边想着怎么这一届体育生个个都这么白嫩，一边走过去凑上前俯下身。

江小川是顾风他们寝室唯一不幸受伤的小白脸，他看着钟荧又是披着顾风的外套，又是用着顾风的护腕止血，简直是羡慕到不行："小风哥让你去找医生再重新给你包扎一下。"

闻言，女生也跟着他的眼神往下瞅了一眼自己的小腿，天蓝色护腕上绣了个白色小"F"，这是顾妈妈专门定制的。

"不用啦，早就不流血了。"

江小川笑得双眼眯成了一条缝："要的，要的。"

"真的不用啦。"

"还是需要的需要的，我好把小风的护腕给他揣回去。"

钟荧都有些哭笑不得了，原来是怕她私吞了小风的私人定制啊："好的，你等一下。"

看到钟荧真的去排队包扎了，身边的社员终于忍不住拍了一下江小川的脑袋："你傻吗？钟学姐自己会还给小风的，这样一来二去，小风不就可以追到钟学姐了吗？"

闻言，江小川一身正气地回呛道："放屁！前一周他才拒绝了班花，说的是要好好打球，天天打球，不交女朋友的你忘了吗！"

　　两人像看智障一样地看了彼此一眼，然后互相不再和对方说话。

　　没过一会儿，钟荧就已经重新用纱布包扎了一圈，还用清水洗掉了护腕上的大部分血渍才递给江小川："本来是想回去洗干净再给他的……对了，"女生顿了顿，还顺带把宽松到快遮住大半百褶裙的社服脱下来给他，"这个你也拿着吧。"

　　毕竟短时间，她还真可能没和顾风单独见面的机会。

　　江小川挠了挠包扎了一圈纱布的脑袋："这怎么好意思呢……"

　　旁边的社员已经气得再次拍了一下江小川的脑袋："不好意思还伸什么手！"然后赶紧堆满笑意地看向钟荧，"钟学姐你先穿着别客气啊！"

　　可是钟荧已经把社服外套脱下来递给了江小川。女生随意扎着低马尾，她的头发十分柔顺，脸颊两旁没扎上的碎发有些遮住她的视线。钟荧将发丝别在了耳后："没事，正好让他给小风拿着，我一直来回跑也出汗了。"

　　看到钟学姐又跛着脚去帮忙了，江小川抱着外套有些惆怅："我还是起来站着吧。"

　　"哼，你终于知道不对要反省了？"

　　"不是，我蹲着小风哥的外套就拖地了。"

　　"……"

4.

　　女生是被越发喧闹的嘈杂声吵醒的，蹙着眉头迷糊地睁开眼，才见临时医疗所大厅的医护人员都已经换了一批了。事发突然，就把古镇的服务大厅用作医疗所，她在座椅上睡了一晚。钟荧四处张

望了下，却怎么也没看到之前蹲成一排的网球社社员。

他们不会因为没看到角落里的她，就都先走了吧？

钟荧一下清醒过来，噌地起身就往服务大厅外跑，却和刚踏进大厅的男生撞了个满怀。

天已经完全亮了，来人有着异常结实的胸膛，再瞥一眼大片纯白色主体拼接的蓝色短袖上衣。几乎是不假思索地，女生便知道他是谁了。钟荧揉着脑袋很高兴地仰头看向他，眼中满是星光："你们回来啦！"

顾风扶着她的手臂，看向她的目光漆黑沉寂。一晚没休息，男生的精神面貌依然还不错，除了蓝白色的T恤变脏了点儿。见女生站稳了之后，他便很快收回了扶住她的手，点了点头："嗯。"

钟荧偏了偏头，看了眼跟在他身后的几个笑意盈盈的男生。昨晚受伤的那几个不在，钟荧正准备去找他们，却被顾风拽住了手腕，拉回来："休息一下。"

她已经休息一晚了，别人看她也包着纱布都不让她帮忙……

"我去找受伤的那几个小孩儿。"

"丢不了的。"

顾风仍然不松手，反倒是一路把她拉回座椅，他才得空仰头喝了几口冰冷的矿泉水，丝毫不在意其他成员笑得贼兮兮的表情。

钟荧只好陪着他再坐一会儿。

"我算了下，我好像正好背了八个游客回来！"

"我跟你一块儿走的，那咱们一样！虽然一晚没休息，但好歹算是帮上忙了。"

"搬石头那次是真把吃奶的劲都用出来了。"

"哈哈哈，你还记得吃奶那会儿的事啊？"

"……"

其他几名大一新社员颇为激动地讨论着，随后又转过头看向顾风，其中一人问："小风你呢？"

男生的目光淡淡的："不记得了。"

钟荧听到他们说到"搬石头"的时候，才悄悄瞥了一眼顾风的手。干干净净的，握着矿泉水瓶的手指修长，就连手指关节都是好看的。但是仔细一看的话，还是能看到指甲盖上大大小小的划痕和细小锋利的红色伤口。

女生的心被揪了一下，有些自责，这个景点当初是她定下的，当时宣传部部长陈远是想把地点改到 5A 级天然温泉区来着。

"为什么来联谊还要穿社服呢？"钟荧实在是没话找话了，但她的声音是公认好听的，没有一个专业老师不爱她的嗓音，这个时候多说说话，应该能让人稍微安下心吧。

但是，这个问题显然让顾风一时有些无言。他皱了皱清俊的眉目，看了她一眼："不好看吗？"

他是真的没参加过这样的团体活动，而且他觉得穿什么衣服都一样。

"好……好看呀，哈哈，小风穿什么都好看！"两人离得这么近，还都在看着彼此，这让她怎么能说出不好看？而且不可否认的是，挺养眼的。

闻言，男生抿了下嘴角，似乎是很淡地笑了下。

"哦，对了，我去给你们买点儿吃的。"

结果女生刚要走出大门，就见江小川他们兴冲冲地抱着一堆饼

干、矿泉水往里边走，那模样十分激动，看见她了，都屁颠屁颠地朝她跑来："钟学姐，电视台的记者待会儿要来采访我们！"

然后也不待钟荧问出来，再一抬头往后望，看到顾风他们了，江小川一阵风似的就跑过去再次亢奋地重复了一遍："小风啊，我们待会儿就要被记者采访了哦！"

坐在顾风旁边的周淮声无情地嘲笑了他一番："你屁事儿没干，还是我把哭个不停的你拖回来的，采访你干吗？"

江小川是这里面看起来最瘦削的，偏偏有一米八一的身高，看起来还真像一根竹竿在高处悠闲地晃啊晃的。他不服气："脑袋被砸一下，那眼泪蹦出来是正常反应好嘛。反正，她说的是采访咱们网球社。"

江小川看坐成一排的社员一动不动，干脆首先把顾风拉起来，往外面推："你们别和电视台客气啊，这也是给我们 A 大挣面子！而且父母都可以在电视上看到我们啊，记者就在外面等着，都快点儿！"

顾风对采访本来就没什么兴趣，但是看到江小川松开他后又兴致勃勃地把一边正在打电话的钟荧也拽上了，便一言不发地一同跟上了。

周淮声原以为顾风会转个身回去的，他走上前搭上顾风的肩："你说你图什么呀，也不和学姐说说你来回跑了十三趟的光荣事迹，昨天因为大三学长说了句学姐的坏话就把他虐到拿不起球拍的事也不提。"

顾风看了一眼被江小川拽走、脸都红透了的女生。他薄唇微启，一点也不躲避："和她同个框。"

周淮声愣了一瞬，而后忍不住笑开了："小风哥，这么纯情？"

"不是，"男生看了好友一眼，"是她纯情。"

5.

钟荧还在电话里和陈远确认待会儿的集合时间和地点，就被江小川往记者的方向拖过去。女生本能地往后退，只好提前挂掉了电话："不是，小川你把我拖过去做什么呀？我什么忙都没帮上……"

偏偏其他几个社员也笑着围住她：

"钟学姐，有你在我们才这么拼命的哦！"

"我们都是一个学校的，当然要一起接受采访啊。"

对面的记者看到穿着整齐一致的网球社服的男生们走过来，也连忙打开摄像机，拿着话筒笑盈盈地走过来了。

晨光已经落满整个山谷，他们的社服以白色为主，这会儿照得人更加发亮。女生硬着头皮被他们推搡到最中间，这个时候只能对着镜头努力保持微笑了。

记者穿着干练的冲锋衣，眼中满是欣慰："我们从这里的工作人员和游客那儿了解到，虽然同学们也是暂时被困在景区当中，却彻夜不眠帮助救援，这份赤诚之心真的很令人感动，能给我们说说最初的情况吗？"

"地震发生的时候，我们在瀑布附近看对决。那场比赛真的太精彩了……不是专业场地，也没有严格的画线区域，是我的话估计都会一不小心把网球打进河里……"

"那时候还有很多游客驻足观看，地震发生得太突然，所以其实最初我们也就是力所能及地帮助游客们来到安全区。"

"男生嘛，有时会有些争强好胜，后来，我们干脆就是比谁帮助得更多，哈哈哈！帮助了别人自己也挺高兴的！"

新社员们应该都是第一次被采访，一个个都挺热情地回答记者的问题，笑嘻嘻的，全身上下都洋溢着十八岁这个年纪的青春活力。

记者还没问出什么问题，就已经得到很多想要的答案了。

女记者一边听着他们的回答，还一边审视了一眼人群中的女生，也没穿网球社的社服却还是被一群大男孩儿推到了镜头最中间，想了想，还挺感动，应该是他们特地给她准备的游客采访吧。

听他们说得差不多了，女记者也顺势将话筒递到钟荧的身前："这位……应该是其中一位受过你们帮助的游客是吗？"

哎？游客？

钟荧听到这里有点蒙，社员们却互相对视一眼便一边笑着点头答应着，一边回头将清俊的顾风推到了最前面。

周淮声更是直接将顾风推到钟荧的身边，笑得双眼都快眯成缝了："对对对，就是这位见义勇为的小哥哥，条件艰苦事发突然，还把自己的护腕拿来给这位女生止血。当然，现在包扎的纱布是后来医生重新再给她处理了一下的。"

钟荧看了眼身边绷了一会儿，然后终于忍不住扬起嘴角露出笑意的顾风。

他双手插着兜，不怎么说话，但在一众男生里仍是最为显眼的那一个。而且，原本挺拔冷峻的男生笑起来的时候竟然还有些温柔，她之前真是太不了解他了。

"谢谢你，顾风。"

闻言，顾风低下头，看向她，澄亮的眼里嵌着的是她的身影。

男生的声音分明得就像黑白琴键："应该的。"

不远处，站在服务大厅门口、跛着脚的平头学长张胜，看着阳光下笑开的一群小屁孩，他不禁点了一支烟，却仍然觉得烦躁。

加上昨天在瀑布的那场对决，还有刚开学令人憋屈的那一场私人赛，他已经一连输给顾风两次了，区区大一的小破孩儿……张胜越想越咽不下这口气，就连手中的香烟星火快燃到了烟蒂也毫无察觉。

"这位先生，麻烦不要在这里抽烟。"

"滚滚滚，你管得着吗！"

有护士好心过来劝了一句，张胜却狠狠地瞪了她一眼，随后跛着脚走开了。

第二章

"他是磁铁，
他们是被吸引过去的。"

♥ *Tian Mi Shang Xuan*

1.

钟荧一回到学校，看到新闻的室友们将她团团围住问了一通，紧接着妈妈也紧张地打来了电话，伤心地说了许久的"你从小到大什么时候受过这样的伤啊"。花了很长的时间好不容易安慰完了妈妈，顾妈妈也跟着打来了电话，开头第一句话就是"那个纯棉护腕用着还透气吗"。

"哎呀，我听朋友说的，都没看到那天的新闻！我们家还有一打护腕，有需要我给你寄过来啊，我可是准备了到小风结婚那个岁数的数量呢！"

"不用啦，谢谢阿姨，我都快好啦。"

顾妈妈是个话痨，在电话那头一边嗑着瓜子一边吐槽："我这两个儿子都往你身边跑，你可得使劲儿帮我支使他们啊。能用就用，千万别客气！暑假小屿回来时都懂得帮我提包了，是你教的吗？小风嘛……他能别总是用看弱智的目光看我就好了！"

原来顾屿然都懂得帮人提包了啊。

钟荧在这头很苍白地笑了下，这可不是她教会的，毕竟在 A 市待了三年，她和顾屿然才只见了几面而已。

正想重新开启别的话题，就见又有人打电话进来了。钟荧看了

一眼，然后就很激动地跑到了阳台边盘腿坐起，还特地咳了咳，清了下嗓子，眼眸亮闪闪的："阿姨阿姨，顾屿然给我来电话啦！"

闻言，电话那头的顾妈妈止不住地笑："咋这么不矜持呢，行行行，我不打扰你们了。"

顾妈妈识时务地挂掉了电话，接着，听筒里很快就传来了顾屿然那有些慵懒沙哑的声音："荧荧，在干吗呢？"

——在等你电话。

女生的小酒窝笑起来的时候特别明显："你也是看了新闻来关心我的吗？"

"什么新闻？"电话那头的顾屿然有些茫然，"我是来约你周末看车展的，但是照你这么一说，你应该没办法去了……"

"行的行的！可以的！没问题！"

"行，"男生思考了一瞬，又补充了一句，"到时候别穿太花哨了，素一点。"

"好的。"心中升腾起的小心机就像是瞬间被扑灭了，钟荧虽然有些怏怏的，但至少那一天还是可以穿运动型白裙子的吧……

"话说，你刚才说的新闻不会是地震那个吧？队里训练忙，我听说了点儿。"

钟荧已经在衣柜旁边满心欢喜地扒拉着哪条裙子最好看了："嗯，对呀，学生会联谊活动正好定在那儿了，小风也参加了。"

闻言，顾屿然愣了一瞬，心里一时有些五味杂陈："啧，他也在啊，开学那天我说抽个空来给他接风都被他拒绝了。"

女生好好理了理思路，顾屿然刚进入国家网球队没多久，正是受了正统训练球技飞升、见谁都想一争高下的时候，他顾屿然来为顾风接风？恐怕是为了挑衅自家弟弟来场 PK 试探实力的才对吧。

但是……

"我见到了，开学那天，我见到他了。"

2.

那时候，钟荧正抱着一箱文件夹横跨操场准备带到学生会招新处。

她是播音部部长，要想招到播音好苗子还真得尽早去抢。宣传部部长陈远也是播音 3 班的，专业成绩和她不相上下，不知道是不是因为大二那年的播音部部长选举，她以一票之超险胜了陈远，陈远就开始对她阴阳怪气了。

她有预感，这次的部门招新，就像当年陈远离开播音部的时候一样，想要抢一拨口才好的同学得到他的宣传部去。

9 月的校园还很燥热，这才是开学的第一天，就有许多男生来操场踢球跑步了。

微微的热风吹动着女生因冒着细汗贴在额际上的碎发，钟荧停下来吹了下刘海，接着便察觉到一股迅猛的疾风似乎正在靠近自己的身后。等她回过头的时候，就看到顾风已经纵身跳到了半空，用戴着护腕的右手手腕挡住了本将砸中她脑袋的足球。

撞击发出来的声音异常沉闷，想到差点就会砸到自己，钟荧忍不住倒吸了一口凉气。

足球被顾风挡开弹落在地上，滚了很远。

踢足球的男生也飞快地跑过来特别不好意思地道了声歉："实在不好意思！"

钟荧摇摇头，摆了下手，那男生这才抱起足球又跑回球场，然后她再次看向顾风。

顾风正好把抬起的手腕放下，很轻微地甩了下手。他的五官似乎更加锋利了，但每一根线条都是恰到好处的清冷。也才十八岁的年纪，却已经比她高出了一个头，记得很小的时候，他还怎么都长不高来着。

顾风低头看着她，眼角似乎含着笑，用还介于男生与男人之间的声音对她说了句："我来了。"

"你居然考的 A 大啊。"钟荧恍然大悟，扫了一眼他空空如也的手，"行李都收拾好了吗？"

"嗯，现在正和室友比赛一千米跑。"

闻言，钟荧愣了一瞬，怪不得顾风已经换上了运动服。她往他身后瞅了一眼，最近的跑道离这儿还有三四十米呢，也分辨不清和他比赛的到底是哪几个人，她有些着急："那你还不快回去比赛？"

顾风扫了一眼她怀里的东西才又揉了下她的头发往回跑，声音很是轻松："他们赢不了我。"

钟荧一直觉得顾家两兄弟一个比一个骄傲，但是她和顾风还没熟到可以摸头的地步吧？

女生看他很快跑回跑道，她也回过头继续小跑着径直穿过操场，想要在对面和他再碰个面。

热风呼呼地拂过面颊，她远远地看到顾风很轻松地就要跑过来了，她却跑得不停地喘气。发觉顾风看到她便开始再次放慢速度，她又赶紧朝他猛摇头："别停别停，晚上我请你们寝室的人一起吃饭！"

"好的好的！谢谢美女！"

"哇哇哇，感激不尽，地点我们可以自己选吗？"

结果女生话音刚落，隔着不远的前后跑道就纷纷传来了响应她的声音，几个大男孩儿嬉皮笑脸十分不客气地朝她挥着手。

钟荧也很礼貌地朝他们打了个招呼，等回头的时候，才发现顾风还是停在了她的身边，正在轻微地喘着气，一点一点地平复呼吸。

女生都要欲哭无泪了："再不追上你就输了哦。"

顾风抿了下嘴唇："赌注就是今晚请吃饭。"

"……"

燥热的天气，女生望向那几个还在烈日下努力奔跑的大男孩儿，看样子都纷纷准备冲刺了："那他们怎么还在跑？"

男生的表情云淡风轻："他们还没反应过来。"

钟荧愣了一瞬，忽然"噗"的一声笑开了，怎么总觉得顾风在一本正经地耍着小聪明。

"那我先去招新了，晚点见。"

3.

周淮声是最先反应过来的，都在冲刺的当口了，还是抹了一把汗一边骂了句粗话，一边很快就停了下来。江小川以及另一个室友还在后面，看到周淮声停下来，又转身看到停在很远很远的地方看风景的顾风，他还相当郁闷："怎么了？都跑起来啊！男生的友谊不都是在流汗中建立起来的吗？"

闻言，周淮声很有耐心地问了句："咱们的赌注是什么？"

"输了请吃饭嘛……"江小川的声音这才慢慢低了下去，之后

也跟着爆了一句粗口，"小风居然不提醒我们！"

就这样，比赛进行到一半被迫中止了，几个大男生在操场上看着像是在漫无目的地游荡，其实是在发愁地往网球场走。就算比赛只进行了一半，江小川也不是第一，他仍然有些心虚："那我们赢了的奖励又怎么办？不是说第一名可以获得学长的亲自指教？我已经把他约出来啦，可是送出了我三包猪肉脯才认识的学校网球风云人物哦！"

"这么厉害你自己怎么不抓住这个机会？"周淮声问。

"算下来，我刚才顶多才跑到第三名，我要懂得谦让！"江小川才不会承认是因为昨天提前见了一面学长就被吓到了。

周淮声挑了下眉，耸了下肩，很有兴趣的样子："那也就是我咯？各位没意见吧？嗯？"

他看了其余几人一眼，就连最不爱说话的顾风也点了下头，他才更加激动起来。

毕竟，就算被学长虐一顿，他是低年级的，面子上也不会过不去，又能学到点接拍的方式，当然，如果赢了那简直就可以横着走了。

几个大男孩兴致勃勃地在约定的一号网球场门口停了下来。

阳光碎在场地里泡胀了人的身影，一旁高大的榕树上蝉声盈耳。

网球场门口摆了把绿色的大型遮阳伞，伞下并排放着两张课桌，已经有许多各专业的新生来这里报名入社团了。

周淮声皱了下眉："我们是体育生，还报？"

江小川激动地往前冲："报啊报啊，你没看到那么多女生在向我们招手吗！"

在那儿排队报名的女生们也就是朝他们这边多看了几眼而已，

哪里在招手了？

拗不过江小川，包括顾风在内的其他人都只好掏出二十块钱入了网球社。

周淮声嗤笑："话说我们今天都一起行动大半天了，之后也一起去厕所吗？"

江小川回头看周淮声："有什么不可以的吗？有什么见不得人的吗？"

"小川你会不会说话！"

就连一直沉默着配合他们的顾风都别过头轻笑了下。

"啊——这个就是我说的那个学长！"江小川领着他们往球场里张望，就看到了在场内长椅上坐着玩手机的平头学长张胜。

"学长好。"几个男生走过去一起叫了一声。

闻言，张胜抬起头，他长得有点糙，笑得也有些张狂："等好久了啊。说吧，今天是谁找我 PK ？"

"学长，不是切磋指教吗？"江小川嘟囔。

张胜白了江小川一眼："那不一样吗？"

周淮声上前走了一步："我。"

"你？"张胜冷笑了一声，表情轻蔑，"还以为是你们四个中间最高的那个。"他在看顾风。

可是顾风今天一整天跟随他们都只是为了友好地来完成江小川口中的"室友第一天怎么也要同吃同住同行"的任务，他一直在出神。

"没想到是个小矮子。"

这简直就是周淮声碰不得的底线，十八岁，一米七三的个头，放在常人怎么也算还行吧，但是网球运动员的黄金身高却是一米

八五，虽然他还能长，可是娘里娘气的江小川居然都能有一米八一！

旁边还有些刚报了网球社听说网球场会有场比赛而一直待在场外没走的同学，男男女女都有。

"哎……学长你这样说话是不是有点不太礼貌……"江小川也愣了一会儿，毕竟是他介绍的人，他可不希望两边吵起来。

周淮声低声咒骂了一句，放缓口气："废话那么多，你还打不打？"

张胜边吹着口哨，边拿起球拍往场地走："打哦，小不点。"

4.

两人分别走到了各自场地，张胜咧着嘴笑开："你先发球。"又转头看向江小川，"小川，过来当裁判。"

江小川正拿着手机在微信群里一个一个私信问张胜学长到底是什么样的人，结果就被点名当裁判，他只能一脸夸张地看向身边的顾风。

顾风和他无声对视了好几秒："加油。"

江小川都要哭了，当个裁判而已谁需要鼓励啊！他把自己的手机塞到顾风手里："他们待会儿会回我消息，帮我看看啊。中场休息的时候告诉我一声说的啥，我去了啊。"

江小川灵活地跳上了球场中间的裁判椅，说了声"比赛开始"，周淮声便开始发球。

大一学弟对大三学长的个人赛，吸引了不少人的目光，不知不觉中，球场外又围拢了许多人。

比赛采取五盘三胜制，每盘比赛又分为六局。当一方先赢得六局，且要净胜对手两局以上时，本盘结束。如果出现 5 比 5 时，则要打到 7 比 5，本盘结束；如果双方战成 6 比 6，则要进入抢 7，就是谁先赢下第七局，则获得本盘的胜利。具体到每局，谁先赢得 4 球，且净胜对手 2 球以上者为胜。具体计分方式是，赢得第一球 15 分，赢得第二球记为 30 分，赢得第三球记为 40 分，赢得第四球记为 60 分，谁先到 60 分，且净胜对手 2 球即获胜。每局比赛中，至少要比对手多 2 分球才能结束该局比赛，先胜 4 分者胜 1 局，一方先胜 6 局则为胜 1 盘。

周淮声先发球，张胜因为身高优势，很快就接到了第一发球，接着两人开始了相对稳定的接拍发球。周淮声步伐很灵活，但是张胜人高马大，加之手长脚长，总爱打一些斜线球，周淮声虽然跑得快，多少有点被人牵着走的感觉。

第一盘比赛，两人势均力敌，把战线拉得很长。

但最终还是因为周淮声将球打出了线外，张胜赢得了第一盘。

第二盘，周淮声明显就是急红了眼，接发球都有些急躁，好几次都将球打出了线外。

"唔……虽然我不太懂规则，但这好像是单方面虐杀啊？"

"怎么办，都有点看不下去了……"

"哼！张胜那疯子又在欺负新生了！"

"那个学长最开始说话也的确有些欺人太甚了……"

围观的人议论纷纷。

有两个女孩一开始就溜进了网球场，坐在座椅上观看。戴白色鸭舌帽的女孩还有些羞涩地轻戳了一下顾风的手臂："那个……这

个大一男生还有可能翻盘吗？"

顾风正聚精会神地观看比赛，摇了下头："不知道。"

女孩还想继续搭讪，她扑闪着大眼睛仰头看向他。男生高高瘦瘦的，清俊的侧颜十分养眼，目光也很坚定，看样子应该是常年在球场里奔跑的人，皮肤竟然没被晒成小麦色。

女孩又继续开口问道："那你呢？你能打赢这个学长吗？"

顾风的目光仍然只在球场上，他微微张了张嘴："没打算跟他打。"

"唔……"真是太帅了！

女孩忍不住换上敬慕的目光转向顾风的时候，哪知顾风已经朝结束了第二盘的周淮声走过去了。

周淮声慌了心神连输两盘，现在是短暂的休息时间。

江小川见顾风没和周淮声说两句就回来了，他心急地跳下裁判椅，拿回自己的手机显得十分紧张："你和他说了些什么呀？"

"张胜是上网型选手。"

闻言，江小川又低头快速扫了眼微信回复："你就说了这么一句？他们都说张胜总爱欺负新生，又暴躁又凶还记仇，如果不幸赢了他，他还会阴着搞人……"

对面的张胜却已经兴致泛泛地开始吹口哨了："不是还有三盘吗？算了算了，我不太想跟你打了，你还有几个兄弟不是吗，一个来一盘呗，我一个一个地教。"

周淮声整个人差点炸了，现在听到这句话更是直接快步冲过去就要打人。

江小川打了个寒战，立马跑过去抱住了周淮声，他要吓惨了，好好的开学第一天硬是被他搞砸了。

"学长我们不打了……"江小川忍了又忍，抱住周淮声的整个身子都在颤抖，但是越想越气，他忽然发自肺腑地吼了一句，"我们不和没素质的打！"然后秒尿地硬拽着红了眼的周淮声就往球场外走。

顾风却快速上前两步挡在了网球场门口，他拿过周淮声手中的网球拍，敲了敲自己的肩，看向很远的张胜，白皙冷峻的脸上却忽然露出笑容："赢了没素质的再走。"

他绕过周淮声、江小川二人，径自走向赛场，利落的声音中还略微带着点少年音的沙哑："先教我吧。"

5.

顾风轻轻挥动着球拍，就像真的初学者一般在熟悉球拍，毕竟这才是他第三次用左手打网球。

"哼，那我就不和你客气了，还是你先发。"张胜还特地做了个"请"的手势。不知为何，他总隐约觉得对面的大男孩长相似乎和国家队某个选手有几分相似。

顾风低头在场地上弹拨了几下网球，然后忽然将网球抛向半空，凌厉地打了出去。

球风迅疾，有鸟雀惊得从茂密的树枝里蹿出飞走。

"哎？为什么会这样？"

"还以为会很厉害……"

场外聚集的人越来越多，他们目光难掩失望地小声议论着，更有少数没耐心的男生拉着好友离开："唉，走吧走吧，还有什么看头……"

就连场地内的张胜也笑了下，动也没动。

因为男生第一发球就压线了。

还好网球有两次发球机会，顾风第二发球才稳当地打了出去。

两人开始了一来一回的接拍球。

仅仅是透过彼此球拍和网球撞击的声音，也能知道两人是有多强劲的力道。

冷静了一会儿，周淮声消了些许怒气，也开始觉得自己太容易被挑拨了，和这样的人发生争执真是太没意思了。

哪个学校没有一两只臭鸟。

但是看着顾风不停地在底线来回跑动，周淮声还是有些紧张，冷汗直流，像是被人抓住了心脏，大气都不敢喘一下。他们接连上场，这可是赌上大一新生荣耀的比赛啊！

就连江小川也看出不对劲了："顾风平时是左手打球吗？目前看起来……很不适应啊？"

顾风除去第一次发球压线，已经又失误地打出了一个压线球。

很频繁的出错率，这要是在大赛上，别说被强大的对手吓到了，还没开始多久，便已经被自己消极的情绪给弄崩溃了。

"而且，顾风也没发出什么有技术含量的球吧？"江小川的眉毛都拧紧了。

顾风的确没有打什么技术球，为了更快地熟悉左手打球，甚至是在很努力地维持稳定的来回接拍球。

他在底线轻微地喘着气不断跑动着，已经出了点儿汗。

周淮声咽了口唾沫，目光直盯着赛场，炫目的阳光像是在消耗所有人的斗志，他在拼命找突破口："但是，对于惯用右手打球的人来说，忽然碰到了左手打球的对手，应该还是有些措手不及吧？"

"哇——"

就像凛冬中第一块融化的冰角，场外忽然传来一声惊喜的轻呼！

"棒啊——"

"他没接到啊，哈哈哈！"

场外的女生看到张胜飞快地跑过去，但还是硬生生错过了接球，忍不住发出了畅快的笑声。

周淮声似乎是终于看懂了顾风想做什么，他的眼中这才开始带了点笑意，心中郁结着的怒气逐渐消散："哼，这才只是开始！"

江小川也跟着笑开了，还忍不住搓了搓手："同意同意！"

其实接下来的对决，顾风仍有不少失误，但他总能灵敏地接到对方的球，而且靠左手的优势打出了更大角度的斜线球。

对于张胜来说，便要反手接拍，有时候好不容易跑过去接到了，但因为是反手接拍的缘故，力度和方向无法很好控制，导致接球失误，遗憾地把球打出了场外。

周淮声只觉得无比畅快，他双手抱臂："再等一会儿，张胜就会体力不支了。"

虽然顾风没有打出漂亮的反击，但是肯定消耗了张胜不少体力。

顾风只是出了一身薄薄的细汗，狭长的眸中就像是带着狩猎的光。

"这两人算是平手吗？感觉你赢一分我赢一分的……"

"不是不是……虽然大一这边的小子没有什么狠辣的攻击性，但是大三这边也绝对赢不了。"

场外的人时不时议论着。

张胜已经在大喘气了，然而顾风还在一个劲儿地打着角度越来越大的斜线球。

这样下去，来回消耗体力不说，还很难精准地接到球。而且一直这样软绵绵地耗下去，就算使出了浑身解数他也绝对不能漂亮地赢了那小孩儿！

这样想着，张胜在接下一球时急躁地打了回去，也不管这一球会不会压线，反正他是不会再继续下去了。

而顾风也预判出这球会出线，就像他最开始的第一发球张胜就知道他会打偏一样，他早早地停下了脚步。明明是很清秀稚嫩的面庞，眼中却透着锐利的光，他扬了下嘴角："看样子，我不太好教啊。"

这么多人都看着呢，张胜觉得面子上挂不住，低声咒骂了一句，他紧紧握住球拍，不服气地走到网前："你也会右手吧，有本事用右手打啊！"

顾风抿了下嘴唇："学长应该还没有资格。"

"臭小子很狂啊！"张胜彻底绷不住了，他拿着球拍似是要绕过球网过来揍人，可是顾风已经不打算再理会他。

男生走出球场将球拍还到网球社报名处，正想回头叫室友离开，结果江小川和周淮声他们就已经一边一个地搭在了他的肩上。

走出 1 号球场，那些一直在外面观战的学生看他们的眼中满满的都是兴奋，可把江小川乐坏了。

"小风小风，你的右手应该更厉害吧？"

"还行。"

"我以后有资格和你打右手吗？"

顾风愣了一下："你开心就好。"

（半个月后，和他 PK 过的江小川：哼！我才不会开心呢！）

6.

私人赛结束时已是夕阳西下了，按照约定，他们往学生会招新处走去。

天边大片火烧云正朝这边压过来，校园里三三两两的人群显得很是惬意。

江小川还在和另外一个室友热火朝天地讨论晚上吃什么好，周淮声有些感慨地靠近顾风："小风，你从小就在学网球吗？"

顾风在看路牌，很快就到图书馆下面的大广场了："不是，小时候喜欢足球，十二岁才接触网球。"

周淮声瞠目结舌，不是从小开始学网球却能打得这么好？

他喃喃着："看样子，足球和网球还不知道哪个是坚持得最久……"

道路两旁的树荫投下一晃一晃的光斑，这个时间点，学生会招新基本结束了，大广场上只余下空落落的五颜六色的招新棚。其他部门大多走光了，只有钟荧把招新宣传单搭在头上，趴在桌上似乎在休息着等他们。她旁边挨着另外一个部门的负责人则把双腿交叉搭在桌上，正悠闲地玩着手机。

有风拂过，把钟荧头上的宣传单吹偏了点儿，顾风看着她的神情都不由自主地柔和了许多："还有一件事，坚持得更久一些。"

周淮声也顺着他的目光看过去，然后就笑开了："我还正想问，她为什么要请我们吃饭啊，你们什么关系？"

"邻居。"

周淮声的笑意就更浓了："哈哈哈，所以近水楼台了这么久还没有追到？"

闻言，顾风有些凝噎，没吭声，径自走过去停在了女生趴着的长木桌旁边。

隔壁负责人抬了下眼，上下瞄了一眼几个小孩儿："你们找她？是报名吗？"

话音刚落，钟荧就扯下宣传单惊喜地抬起了头，左边红色的睡印还有些明显，她笑起来很治愈，酒窝也可爱："你们终于来啦！"

一个仰头，一个抬头。

顾风点了下头："嗯。"

钟荧休息了一会儿精力也充足了很多，风风火火地开始收拾桌上散成一片的报名表："想好晚上吃什么了吗？"顿了顿，又诧异地看向隔壁宣传部的陈远，"你怎么还没走？"

陈远愣了一下，没好气地说："就只允许你在这儿等人？"

陈远也开始收拾东西走人，却还不忘嘲讽她一句："你们来晚了一步，不然就可以看到你们学姐为了招新唱歌吓跑了多少人！"

钟荧显然是被戗到了，有些气鼓鼓："哈？明明就是我靠唱歌拉回了很多想要加入宣传部的人好吗？"

江小川有些遗憾地摇摇头："啧啧啧，可惜了，可惜了，都没办法知道学长学姐哪个说的才是真话。"顿了顿，像是想起了什么，江小川的神情又亮了下，"但是学姐你今天才是真的可惜！顾风有一场好拉风的私人赛你都没看到！！"

钟荧兴奋地看向顾风，顾风也正好在看着她，或者说，是一直在看着她。

黄昏的光景里，没想到两人都异口同声地说出了——"以后会有机会的。"

哎？

两人都愣了一下，钟荧歪了下头，眼中的笑意更亮了。

第三章

"不喜欢她，就别惹她伤心。"

♥ *Tian Mi Shang Xuan*

1.

一想到周末就能见到顾屿然，钟荧在周三下午没课的时候特地拽着室友去买了几件新衣服，还一时兴起登录了大半年都没用过的视频分享 APP"新拍"，结果一上去就发现私信留言都快爆了。

——每天都要上线看小姐姐发新视频没有……

——自从屿哥进入国家队之后，我真是超想他曾经在学校的日常啊！从他五岁到十八岁的每一个短视频，他在哪一秒笑容我都记得清清楚楚……小姐姐哎，要不要再发一条短视频来考考我呀？

——唔，小姐姐虽然和屿哥是青梅竹马，但屿哥毕竟是在国家队了，两人见面的机会肯定变少了，我们还是体谅一下先不要再催啦。

——呃……只有我在想屿哥的弟弟？虽然七百多条短视频下来，他只露过二十三次面……加起来总共也就十分钟……

——我我我！你不是一个人啊！

……

女生躺在床上翻了下最新一条短视频下的留言，竟然有一两千条之多，没想到这个号荒废了这么久，她的粉丝数量不减反增啊。

其实，最开始录制短视频的是顾妈妈，那时，钟荧和顾屿然还只有五岁，顾妈妈拿着手握相机跟着两人满院子跑。当时顾风才两岁，

跑又跑不快还特别皮，五岁的两个小大人表示非常不想和他玩。

后来，钟荬七八岁的时候，也开始喜欢拍摄视频。顾屿然爱出风头，那个时候就知道"骄傲"这两个字和他是有多匹配了，也乐意让钟荬给他拍，她和顾妈妈不知不觉中就攒了很多视频。高中那会儿有了很多视频分享平台，钟荬在征求各方同意之后，把合适的都发了上去，一发就发了好几年，最近一条还是大半年前她去看顾屿然网球公开赛拍的视频。

钟荬也很喜欢翻看之前的视频，因为这些就是他们的青春碎片啊。

她给顾屿然发了条短信："看车展我可以拍短视频吗？"

男生很快就回过来了："粉丝们又想我啦？"

"对呀，对呀。"

"OK，那我到时候去做个发型。"

"寸头而已，还打算剪得更短一点吗？"

2.

车展当天，上午 9 时 23 分。

还是刚刚开展的时间，但是来看展的市民已经络绎不绝了，馆内精致的灯光一束一束地落在展车上，将展车的线条映衬得越发利落。闹哄哄的展馆中，顾屿然看到对面身姿柔软地倚靠在天蓝色进口跑车旁边的钟荬，愣了一瞬而后跟着就笑开了："这位美女，我能试坐一下吗？"

钟荬正很努力地维持着明艳的笑容，流转的眼波中都是妩媚，但其实内心早就想把他骂一通了。

"可以呀，请。"

如果不是顾屿然迟到，她会被同学临时拉来救场在这里做一个小时的车模吗？

约定的时间到了，结果她没等来顾屿然，却等来了几个兼职做车模的同班同学。

学播音主持的大多身材高挑，形象气质佳，课少的时候出来兼职模特也是常有的事。

这一次，有一个住得远点儿的模特，因为堵车要晚到大半个小时，于是同学们让钟荧救急，等那个模特到了，就能把她换下来。

黑色紧身套装，锁骨及腰身处拼接了深蓝色布料，下身是包臀皮裙，将整个身材的线条凸显到极致。女生肤色本就清丽白皙，又毫不遮掩地露出了细白的长腿，为了能更符合跑车的特征，钟荧还把头发扎成了马尾，只留了点儿碎发在耳前。

顾屿然不客气地坐进跑车驾驶室，女生也跟着坐进副驾驶。说是试驾，其实是为了方便两人更好说话。

"为了能让粉丝开心，我就换了个造型而已，没想到你连人设都换了。"

"……"

钟荧负责的车在展馆里面点儿，人还不算多。要不是提前告诉了顾屿然具体位置，估计光是找她都得要好一会儿。

钟荧在车里有些闷闷不乐，其实之所以答应帮忙，还有一个原因……家庭教育使然，她从来没穿过这么性感的裙子，但是真的能凸显她的身材啊。

他有在好好提升球技，她也有在好好发育哎。

可是顾屿然除了最初见到她时有些意外地愣了一下后，目光就没在她身上再停留过，反而一直在盯着其他车迷，就像在找人一样。

他问："还要站多久？"

"不是约我出来玩的吗？"

闻言，男人怔了一下。半年未见，他的眉眼反倒越发张扬，狭长的眸里是从不服输的光芒，即使不在球场上，也由内而外地散发着懒散却碾压众人的气场。

顾屿然摸了几把方向盘又看了一眼车内设备，便毫无兴趣地钻出了车门。他两步绕到了副驾驶座的车门边，将也准备跟着他下车的钟荧按回了车里："是约出来玩啊，再顺带偶遇一下郑教练嘛。"他笑着揉乱了她的头发，"乖啊，别出来。"

"喂——你好像试驾了很久啊，是不是该我们了？"

"是啊是啊，好像还和车模小妹妹聊得很欢嘛！"

有几个男人本来在周边看了一下就又转到这辆蓝色跑车前，见到顾屿然一直在那儿，有些不高兴了。

顾屿然记得他们几个，之前就色眯眯地在钟荧身旁转了好一会儿了。他依然在笑，笑意却未达眼底："不好意思，这车我买了。"

闻言，一旁的工作人员笑眯眯地过来了。

那几个男人怔了一下，随后便自讨没趣地走开了。

钟荧也诧异地从车窗探出头来，有些不敢置信："我看你试驾的时候明明一副不太喜欢的样子啊。"

工作人员默默地看了她一眼，有这样卖车的车模吗？

"嗯，给小风吧。他十八岁庆生的时候我在国外比赛没赶回来，就当给他的成人礼了。"

"……"

顾屿然忽然好笑地低下头看她："难道还把我喜欢的送给他？"

"……"是亲兄弟无疑了。

车展喧喧嚷嚷的另一头，三个格外养眼的大男生也看向了最里面的展位。

"喂，小风哥，那个是……钟学姐吧？来兼职车模？很 Sexy 啊！"江小川大大咧咧的，因为身高优势，很早就看到了钟荧，诧异了好一阵，还很久都没挪开眼。

顾风自然也早早就看到了，并且眼神自始至终都跟随着她的身影。

一颦一笑，一个随意而慵懒的姿势便轻易地笼络了他的感官，再加之皮裙将她的身形线条勾勒到了极致，男生隐约觉得嗓子有些干。明明于他就是一种诱惑了，表情却异常冷漠，甚至还不自在地皱了下眉。

"啧……可我记得当时看了一眼老爸那里的模特资料，没有钟学姐的名字才对啊。"

这场车展的策划人是周淮声的爸爸，所以今天也是周淮声硬拉着他们两人过来看展的。

"哦！"江小川很夸张地挑了下眉毛，"还特地去看了眼模特资料，是为了什么呢？"

"小川，我看你今天也一直都很亢奋嘛。"

顾风懒得听他们吵，径直向钟荧所在的方向走去。

周淮声赶紧快步跟上去，很是畅快："心里头不爽了是吧？也对，

刚才试坐的那个男人也太不厚道了，居然和钟学姐聊了那么久的天。"

顾风的声音毫无波动："那是我哥。"

"那是你哥啊……"周淮声本来是下意识地接话，尾音却陡然停了下来，然后很是诧异，"那是你哥？亲哥？"

"对。"

周淮声沉默了。

江小川也沉默了。

怎么这么狗血呢。

"啊——你是那个……那个那个……"

中途，顾风却硬生生被两个忽然出现在身前的陌生女生拦住，她们神情惊喜，但怎么也叫不上他的名字。

见状，顾风有些冷漠地正要绕开，就听她们很兴奋地继续说：

"你就是屿哥的弟弟！已经长这么高了啊？当时在视频里看到的时候还很稚嫩呀。十五六岁吧，抱着一只受伤的小猫回家，就真像邻家弟弟一样！"

"对了，我们没有其他别的意思，就是在视频里得知你也在学网球了，加油啊！希望你能早日超过你哥哥！"

"我们……比起你哥哥，我们更支持你哦！"

两个女生很激动地向他说了一通后便羞涩地跑开了。

于是，顾风猜到了她们是看了钟茭上传到"新拍"的短视频认识他的。

等这边尘埃落定，他再次抬头的时候，刚才还是钟茭负责的那辆跑车旁边，竟然连一个人都没了。

3.

钟荧换回自己的运动裙，有些不解地朝顾屿然走去："话说你在队里天天见郑教练，为什么周末还离不开他呀？"

女生和他隔着一拳的距离漫无目的地走着，顾屿然却勾着笑，一边倒着走，一边把早就准备好的无镜片眼镜给她戴上："我怀疑他恋爱了。"

"恋爱是好事啊。"顾屿然替她戴眼镜的手微微地擦过了她的脸颊，钟荧仰着头看向他，耳根跟着就发烫了。

"是好事啊，所以绝对不能让他自己搞砸了。他那么严肃的人啊，上个月竟然问我们应该给粉丝送什么礼物。我说要是在赛场，就直接脱掉上衣给她签名，他说不是赛场。"顾屿然顿了顿，一边走一边扫着来往的人群。他今天就穿了件白色 T 恤和浅色牛仔裤，为了伪装，自己也戴上了金丝框眼镜，"和粉丝不在赛场见面，难道还私下约吗？更何况他都做七八年教练了，我敢保证，肯定有人正在追他。好不容易套到他的话，知道他今天要来车展，我怎么能放过这么好的见未来师娘的机会呢。"

或许因为某个当红女明星即将要来展馆，聚集在这一区的车迷越来越多，展馆四周的保安也跟着多了起来。

远远看到一个熟悉的身影正在前面聚精会神地看着展车，顾屿然的脚步忽然顿了一下，随后揽着钟荧的肩就往另一边看："我看到他了。别动。"

闻言，女生一惊，红着脸动也不敢动。

顾屿然看了她一眼："介意我们俩装成情侣吗？"

原来是为了跟踪郑教才来看的车展啊。

是近到能交换彼此呼吸的距离，钟荧有些呆呆的，心跳也有点快："不介意，不介意……"

得到女生肯定的答复后，顾屿然就干脆没松开搭在她肩上的手了。他锐利的目光一直都落在前方双臂环抱肤色略黑的男人身上："一个人来逛什么车展？肯定就是有约。还说什么就是想换辆车，那么喜欢山地自行车的人来这儿换车？今天我就跟他一整天了，我就不信郑教一天都不和女人说话。"

女生很努力地平复加快的心跳，还偷偷望了一眼顾屿然越发俊朗的侧脸，跟着郑教练一天的话，那就是和他一天都可以亲密无间了？

围拢在展馆最中间的人群忽然爆发出一阵激烈的骚动，随后像是被保安清出了一条道。不一会儿，随着激动的欢呼声，当红女明星在前后保镖的保护下带着清甜的笑意走上了活动台。

钟荧、顾屿然他们身边的车迷听到骚动也跟着往展厅中央跑，就连郑教也抵挡不住忽然汹涌的人流，算是被半推搡着朝中央走了几步。顾屿然也赶紧揽着钟荧往交错的人群后面走，毕竟站在最后面，才能更清晰地看清郑教的"蛇皮走位"。

"这车看起来不错，"顾屿然顿了顿，"比刚买的那辆好看多了。"

"……"

真的是亲哥吗？哪一辆丑就买哪一辆送给自家弟弟？

都往明星奔过去的空当，只有顾屿然和钟荧还停留在展车旁边。顾屿然在看郑教被挤到哪儿去了，而钟荧则在看台上格外养眼的女明星，甜美而精致的面容，却有一双不服输的眼睛，真是很令人喜欢的长相啊。

钟荧忽然觉得这目光很像记忆深处某个人："对了，为什么……不叫姗姗来配合你？"

哪知顾屿然很明显地怔了一下，他有些诧异，眼中却带着莫名的光："你还记得她？"

周围是一片喧闹的环境，听到这话，钟荧就像是一瞬间都不太会思考了一样，脑子一片荒芜。直到愣怔了好一会儿，她发觉自己的血液都在一点一点跟着凉下去之后，才低下头无声地笑了一下。

心脏有点发痛。

问她还记得姗姗这样的话，不也就说明，他也一直都还记得姗姗吗？

而且那眼中的光，是听见喜欢的人的名字时，才亮起来的吧。

4.

"喂，她跟着你好像很不开心啊。"是很清冽干净的声音。

等钟荧回过神来的时候，才见顾风他们三人正站在她和顾屿然的对面。

顾风今天没再穿社服，简单的白色 T 恤和黑裤却更衬得他冷清沉稳了。他双手插在裤兜里，目光淡淡，倒是他后面两个男生的表情就很丰富了。

顾屿然没料到顾风会忽然走到他面前硬生生地挡住了他的视线，第一反应竟然是松开揽住钟荧的手，上前笑着给了顾风一拳："喂喂喂，她哪有不高兴，说得好像钟荧在你身边就能很开心一样。"

"当然。"清俊挺拔的男生后退了一步，不客气地和顾屿然对

视了一眼，躲开了即将打向自己胸口的拳头。

顾屿然却轻笑了一下："当年也不知道是谁把钟荧打哭的。"

"……"顾风显然没料到他会忽然提起这件事，男生的目光颤了一下，随后又冷冷地瞪向了自家哥哥。

想起那件事的起因，钟荧就更加苦涩了。

而江小川和周淮声两人的内心早已经惊涛拍岸了，小风哥打哭钟学姐？说好的喜欢钟学姐呢？但是现在最紧要的，当然是要签名啦！

江小川正准备激动地摇着尾巴走上前，就见顾屿然略微收敛了笑意，似乎想要拎着顾风的衣领将他推开："上次开学我都请好假了还不让我来接你，皮什么皮？周末不好好练球，还学会逛车展了？别挡着我们跟踪郑教，回头再收拾你！"

顾风却顺手抓住了顾屿然想要拎他衣领的手腕。

大男生的目光冷冽而沉静，还隐约带着点骄傲的眼风："刚才和郑教打过招呼了，还顺便提了一句看到你了。"

"……"顾屿然的表情一下就呆滞了。

江小川却已经完全跟不上顾风的脑回路了，郑教？哪个郑教？刚才一路急急忙忙地找钟学姐，没见到顾风和哪个男人说过话啊？

果然，顾风知道自己得逞了，微微扬了下嘴角，谁让顾屿然在钟荧面前不给他留面子。

"骗你的，告诉我为什么跟踪郑教，我就告诉你郑教待会儿会去哪儿。"

"臭小子，我看你真的是想挨打了！"

江小川看到快打起来的两人，有些苦恼地朝同样在看热闹的钟学姐身边走过去："钟学姐，他们还会吵多久啊，我还想要张签名来着。"

早在刚才听见那两个女生提到"屿哥"的时候，他就觉得很耳熟了。再仔细回想了一下刚才和钟学姐搭讪的那个异常眼熟的男人，江小川才猛然想起来那个人是网球天才顾屿然！而顾风竟然是顾屿然的亲弟弟啊！怪不得会有那么厉害的球技！

"我有个好办法。"

钟荧的眼睛亮了亮，随后赶紧从包里掏出手机和自拍杆，点开了"新拍"APP。

这可是难得的他们三人一起同框的机会啊，这次她特意使用了直播方式，举起自拍杆，手机屏幕里赫然便出现了她的脸。时间点不早不晚，上午十点半的光景，在线的粉丝们看到钟荧竟然在直播，纷纷激动地来到直播间，直播间在线人数不到半分钟就有了近三千，钟荧的屏幕上跟着就出现了密密麻麻的爱心。

钟荧朝还在车展角落幼稚地互怼的两人看了一眼："我要直播咯。"

闻言，顾风和顾屿然两人立马嫌弃地推开对方。

双方都迅速地整埋了一下自己的造型，女生看着屏幕里的画面倒退着拍摄，眼中满是笑意："时隔三年的再同框，没想到两兄弟就打起来了哦！"

——直播？居然是直播，啊啊啊！

——噗！我的屿哥还这么幼稚地喜欢欺负帅弟弟啊？

——哇！！！真的是很久没看到他们两人同框了啊！颜值爆表有没有！

为了能将两兄弟都框进去，女生在很慢地倒着走，顾风还是快步上前了两步，轻轻地扶住了她的双肩："别退了，他自己会凑过来。"

钟荧回头冲他笑："你今天很配合我啊。"记得小时候都黑着脸不让她拍。

顾风一下子这么近出现在屏幕上，屏幕上的弹幕几乎是疯狂地被刷新。

——这是弟弟？天！已经这么清俊了吗！

——时光不饶人啊，我可以说我是看着弟弟从一直长不高到一下子噌噌地长这么高的啊！

——屿哥难道还在因为打完架紧急地摆弄发型迟迟不出现？

——我的眼中现在好像只能容得下弟弟……

——变心怎么能比我还快？过分！

看见女生停下了倒退的脚步，顾风也迅速地松开了扶住她双肩的手。

"想拍我？"

闻言，钟荧愣了愣，总觉得顾风最近的问话似乎带着点儿诱导性。就像地震那时候，他问出来的"这么穿不好看吗"类似，竟然有一瞬觉得这样的顾风透着莫名的狡猾。

但是，这次钟荧学聪明了，她回头直视他："想让我拍吗？"

——好羡慕小姐姐，可以和两兄弟关系都这么好……

——他们俩在说什么悄悄话啊，我刚才没听清！

——好像是，想不想"啪"我的话题……

——Excuse me？你是认真的吗？

顾风直直地看着她，而重新整理好发型的顾屿然已经走上前，笑意盎然地搭上了顾风的肩，他对着屏幕眯起狭长的桃花眼，刚才的弹幕早已经被新的覆盖了。

"听说你们很想我？"

——哇哇哇，屿神！

——哈哈哈，屿哥你弟弟在嫌弃你搭着他的肩呢！

"谁管他。"顾屿然把想要溜走的顾风大力地捞回来，"希望大家继续支持网球……"

结果话音刚落，顾屿然的神情立马就紧张了起来，他猛地回头向展厅中央望去，女明星离开了，围拢的人群也早就散开了，现在哪里还有什么郑教？

5.

直播被顾屿然的发急弄得草草收了场，看见屿神叉着腰环顾着四周隐隐憋着一股无名火，周淮声说是要找他爸帮忙便硬拽着看不清状况的江小川离开了。

钟荧有些愧疚，如果不是她忽然想起做直播，应该也就不会错过郑教离开的时间了。她走到顾风身边："你刚才好像说知道郑教会去哪儿，是不是？"

本来是想让顾屿然求他，但是冷傲的顾风看着女生望着他那格外清明澄澈、只映出他身影的目光，大男生一下就没有原则了："我带你去。"

"感恩感恩！"钟荧马上就笑开了。

顾屿然看见两人往 D 出口的方向走，也赶紧跟上去，几乎是咬牙切齿地开口："小风你最好是能带我们找到郑教。"

顾风淡淡地扫了一眼 D 出口旁边的 VIP 休息室，门外还站着两名安保人员。

"是吗，那你最好先想想见到他之后说什么。"

安保人员见到他们三人在朝这边走过来，立即上前一步用身体挡在了前面："不好意思，没有邀请不得入内。"

"国家队网球选手顾屿然，希望下午在展厅举办小型网球交流会，麻烦通报一声。"

顾风说这话的时候，眼眸都不抬一下，却已经让安保人员改变了态度，并且其中一名安保说了句"稍等"之后，便立马开门进去通报了。

而旁边的顾屿然一下就绷不住了，直接将淡定自如的顾风推到一边："我什么时候说过这些话了？还有，要是郑教真的在这儿，直接碰面那我岂不是要被骂得很惨？"

"所以我早说了，"顾风被他推到墙边也不挣扎，很随意地就着姿势闲闲地倚靠在墙边，眼中零星地闪着些许光芒，"让你想好见到郑教该说什么。"

钟荧从小就见惯了两人见面就互咬的相处方式。

她走上前把他们分开，又拽着他们两人往 VIP 休息室走，一边朝安保人员笑着说"费心了"，一边因为懊恼两人在外还这么孩子气，而狠狠地加重了握住他们手腕的力道。

"荧荧，痛痛痛——"走过休息室大门时，只有顾屿然倒吸了一口气，小声地喊个不停。

女生回过头瞪向他："有点国家队的风度好吗，小风都还没喊痛呢。"

顾屿然痛苦的表情凝滞的同时，还有一道异常沉稳的中年男人的声音从女生的身后传来："看看你！就连一个小姑娘都能看出你丢了国家队的脸！"

"郑教好。"顾风很有礼貌地叫了一声。

"郑教好！"顾屿然也一个激灵站直了身体，吓得钟荧赶紧回过神跳到顾风的身边，也紧张地打了个招呼。

至于为什么要跳到顾风身边躲着……郑教再怎么严厉也不会骂他们两个毫无身份的人啊……

"好小子，知道跟踪教练了？周末好好的时间不拿来练球却来逛车展，厉害了啊！"

啧……钟荧一边默默地继续往顾风的身后躲过去一步，一边觉得这句骂人的话怎么这么耳熟？

"上旋球练好了啊？上周偷跑出去玩的检讨还没给我交上来！你这臭小子有点成绩就越来越猖狂了？回去我不好好收拾你，我就不姓郑！"郑教负手在身后，简直越说越气。

与此同时，过道里由远及近地传来了高跟鞋的声音。

不一会儿，刚才还在台上出现过的当红女明星出现在了众人面前。见到他们几人，她一开始也显得有些慌张，但很快恢复镇定，换上了标准的笑容，过来帮忙圆场："不好意思，打扰到你们了……"是很年轻的女明星，胆量也便显得格外大，竟然还敢靠近正在发火的郑教，"我多少听到了点儿，他们只是很关心郑教的个人问题，是很好的学生呀。"

"嗯，还有点事没骂完，你先回去。"郑教虽然没看向她，但语气多少是缓和了点。

"师娘说得太对了，教练也没错！但是咱们能回去再说吗？"虽然一时间还难以消化原来倒追郑教的竟然是当红女明星，但是再这样被骂下去，顾屿然觉得他以后在顾风面前就没什么威信可言了，毕竟他刚才就这么训顾风来着……

"怎么这么可爱啊！那师娘待会儿好好帮你说说话！"许是"师娘"的称呼来得太快，女明星羞红了一张脸对郑教闪了会儿星星眼，便依依不舍地跑回了自己的休息室乖乖等他。

看到女明星被郑教治理得服服帖帖的，顾屿然忍不住佩服地对郑教竖起了大拇指："还是教练厉害。"

"少说废话，回去训练给我加三倍！"郑教有些不自在地咳了下，还顺势朝顾风和钟荧两人扫了一眼，吓得钟荧浑身一颤。顾风直接上前一步将她挡在自己身后，不卑不亢地和郑教对视了一眼。

郑教长期在室外，被晒得有些黑，安静的过道里打下的光让他显得更加深沉："顾风？"

"是。"

这小子他记得，去年青少年全国网球大赛的第一名。

但是打法和顾屿然十分相似，两个相同的天才从来都只需要一个就够了，但他还是复杂地问了句，他惜才但也冷酷："想进国家队？"

男生的语气平淡得听不出任何波动："赢了顾屿然，国家自然会需要我。"

闻言，在场的其余三人都向他投来了诧异的目光，狭长的过道里一片静默。

赢国家队首发位置的顾屿然？

郑教低不可闻地笑了下："行啊，那等你好消息。"

　　也不知是有意还是无意，郑教转身临走前叫走了钟荧："小姑娘，来休息室喝茶。"

　　"啊……来了来了。"仍在震惊中的钟荧很快回过神来，很是纠结地从他们两人中间穿过，然后快步跟上了郑教的步伐。

　　逼仄的过道里只剩下兄弟俩，顾屿然别过头咂了下嘴，懊恼地揉了下头发，轻笑了一下："你今天好像有点针对我啊？"

　　"对。"

　　顾屿然低头摩挲了几下手指指腹："理由。"

　　"你上周回 C 市看了姗姗。"

　　闻言，顾屿然皱了下眉头，没说话，视线仍然在出神地看着地板。

　　顾风冷冽的眸中带着一丝毫不遮掩的不爽，他微微张了张嘴，即使是亲哥哥又怎么样。

　　"不喜欢钟荧，就别惹她伤心。"

第四章

"像钟学姐这样的小白眼狼
也是不多了。"

♥ Tian Mi Shang Xuan

1.

开学刚过两周，眼看着就要到抢这学期体育选修课的重要节点。偏偏专业课老师又布置下来这个学期要准备一档不低于六期的出镜节目，类型随意，出镜就行，并且这周末就得交第一期制作好的节目视频。

班里怨声载道，毕竟这周六的早上六点开始，就是抢选修课的时间。

还记得上学期钟荧一副"天下体育皆残忍"的心态，也没花时间思考更没有熬通宵等到六点那一刻的到来，睡到上午十点自然醒，然后睡眼惺忪地登录账号，发现还剩乒乓球和游泳，毫不犹豫地选了乒乓球。后来在烈日酷暑下，每次她围着操场跑五圈眼睁睁地看着同班同学选篮球的，正躲在树荫下悠闲地向她打招呼的时候，钟荧才意识到"只有乒乓最残忍"……

这次，好友准备约她一起选篮球，为了周五晚上能熬个通宵抢课，她现在正在剪辑室准备第一期节目的素材挑选。

今天下午她就去偷偷拍摄球场上的顾风了。

没想到被抓个正着，反应过来打完球赛的男生正在朝自己走来，钟荧赶紧一个激灵扣上镜头盖，连忙笑容清浅地摆着手："这么巧。"

顾风的额上浸出了一层薄汗，男生还穿着蓝白色的夏季社服，他轻喘着气走来抽走了钟荧的摄像机，看了她一眼又低头看了看摄像机："又来拍我啊？"

钟荧埋下头踢了踢石子任他看着回放："就……忍不住，下意识想拍来着。"

但也是刚才他逆风走过来的时候，钟荧才发觉顾风的眼睛竟然漆黑得发亮。

"对我说几句话，我在录制。"

闻言，钟荧微微抬起头，便见顾风真的持着摄像机面对着她，喧闹的操场中女生一下就紧张了："我好看吗？表情会不会好僵硬？好吧好吧，我知道了，我以后不会再随便给你们录视频了……但是顾风，你真的变化很大啊，我们家刚搬到你家对面的时候，我还抱过你呢。"是真的抱过，妈妈还给她讲过，只是她不记得了。

等回过神来，男生已经靠她很近了，他的右手就搭在她的后颈处，距离骤然被他拉近，钟荧诧异地抬头看向他，就见顾风正低头沉沉地看着她："那要我抱回来吗？"

是真的一钩手就能搂入怀里的姿势。

"要不要？"顾风还在眼角含笑着问她。

"不用，不用。"愣了一下的钟荧很快就推开他跑走了。

总觉得现在的顾风和以前有点不一样了，钟荧回过神来，吹了下自己的刘海，继续翻看着以前拍的视频。

顾屿然二十岁时在慕尼黑公开赛上首次进入赛事四强的瞬间、十九岁在全国大赛上获单打第一名、十七岁时以青少年大师赛的亚军为自己的青少年职业生涯画上句号……

满满都是他从稚嫩轻狂蜕变到赛场之王的痕迹。

鼠标不停地滑动浏览着视频，像是发现了什么很意外的细节，钟荧原本还一脸崇拜的笑意逐渐凝固了。身旁似乎坐着一对情侣，嬉笑打闹着，虽然已经戴了耳机仍然吵得她心烦。

钟荧点开了前后几条她心疑的视频，顾屿然十七岁到十九岁这个阶段，她一共录制了七段比赛视频。前三段视频里都还能看到顾屿然戴着顾妈妈送的，绣有"R"字样的红色定制护腕，到了第四段视频之后，他的护腕就换上了毫无特色的深蓝色护腕。

顾妈妈定制的护腕都是准备到两个儿子结婚的岁数，她也从来没送过……钟荧忽然有些心慌，好像记忆里一直被忽略的细节都在这一瞬间喷涌而出了一般。

她颤抖着挪动鼠标一一点开了视频底下的评论。

……都说网友的眼睛堪比显微镜加放大镜。

——喊，真是搞不懂博主是为了炫耀还是什么，很明显屿哥看她的目光就像看兄弟一样好吗？

——在重要比赛上拿出来戴上的新护腕很有问题哎，当然如果是博主送的话，那我倒是没任何意见啦。

说起来，有一回屿哥英语好不容易及格了，博主来拍他的及格感言。屿哥拿着93分的试卷一直在镜头前晃个不停，你们有没有注意到屿哥英语作文里面的主人公的英文名好像是"Shan"？我记得屿哥一直称呼博主为"荧荧"来着……

——哇，我应该和博主他们同城，上回好像看到屿哥靠在自行车上在某个比较偏僻的小巷子等人，等了很久很久。后来有个女生也

骑着一辆自行车从巷子里出来，自行车上挂了个粉红色的袋子，屿哥居然很开心地抢走口袋，跨上自行车就跑！那个女生又怒又笑地骑着自行车追了他一路啊……是的，如你们所想，那个女生不是博主……

粉红色口袋……

就像是很多刻意避开的碎片被人当面拼接成了最残忍的真相一样，原来粉红色口袋一直无孔不入。

又或者，是她从来都没走进过顾屿然的世界。

因为那个世界里，已经有姜明姗了。

2.

高三临近暑假的时候，那段时间顾屿然都在为能进省队做准备，忙忙碌碌，一天都见不到人影。

钟荧早在得知他去省队的确切时间那天，就央求他记得临走前一天陪她去自然博物馆。

可是钟荧在博物馆门口等了他整整两个小时，电话也一直打不通，总在担心会不会在来的路上发生了什么事。后来又跑去他家找他，结果从顾妈妈那里得知顾屿然老早就出门了，还不知道什么时候回来。

钟荧记得那天很热，一路跑回来大汗淋漓，顾妈妈又是给她泡花茶，又是给她做水果奶油便当："我那蠢儿子到底出去干吗啦？话说你们怎么不约好一起出门呀？"

闻言，钟荧有些红着脸挺不好意思地用手指卷了下自己的发丝："我去做了个发型。"

顾妈妈看她真的把平时黑直的头发烫卷了些，蓬蓬的，平时温柔的模样显得更加精致可爱了些。顾妈妈笑得双眼都快眯成了两条缝："荧荧怎么样都很好看，唉……小孩子恋爱的感觉真好啊。"

"不是……顾妈妈，我们就是最好的朋友！"

"我懂我懂，我和他爸以前也是最好的朋友。"

"……"这样教唆她和自家儿子谈恋爱真的好吗？

顾妈妈下午出去打麻将了，钟荧则在沙发上等得睡着了。

顾屿然是在傍晚才拎着一个粉红袋子踏进家门，轻声吹着口哨在玄关处换鞋，看到钟荧的鞋子时，还愣了一瞬，才十分懊恼地拍了下自己的脑袋，他完全把陪钟荧去自然博物馆的事忘记了。

他赶忙提心吊胆地往客厅瞅了一眼，电视里还放着新闻，却没看到女生的身影。

绕了一圈到沙发前面才发现，钟荧正以极度不舒服的姿势倒在沙发上睡着了。

他蹑手蹑脚地上楼拿了一床薄毯下来，又准备扶着她让她以一个舒服点儿的姿势睡觉，结果女生就在他怀里迷糊地睁开了眼。

"不好意思，弄醒你了。"

"你今天去哪儿了？"

闻言，顾屿然忙倒吸了口凉气，终极问题还是来了。他把薄毯给她披上，然后特意跳远了两步："我先给你倒点儿热水！"

男生溜走的时候，反倒让她看清了放在茶几上的粉红袋子。钟荧就像是猛地清醒了过来，心脏突突直跳："你去见谁了？"

"对不起啊，荧荧，我确实忙忘了……你别不说话啊，我给你赔罪！你等着，我这就出去把你最喜欢的蛋糕都买回来！"

早在钟荧看到那个粉红袋子的时候，她脑子就已经乱成一团糨糊，然后一直在心里呢喃：为什么呢，是我表现得还不够明显吗？我怎么还是失去你了？

钟荧很不甘心地拿起沙发上的网球朝顾屿然狠狠砸去，可是顾屿然多机灵，一个侧身就躲过去了。然后才上高一，刚刚踩着夕阳的余晖放学回来的顾风就顺势用手腕一挡，网球便精确地反弹回投掷点，砸得钟荧一下子就蹲在地上哭了起来。

见状，顾风赶紧神色一紧地快步凑上来，明明常年在操场上挥洒汗水，小男生却极为白皙。十六岁的顾风样貌还很青葱，但五官已经十分好看，又穿着宽松的蓝白色校服，背着黑色牛皮书包，无不透露着干净而纯粹的少年感。

"钟荧，你别哭……我拿球砸我自己好不好？"

顾屿然也很着急地凑上来："荧荧，都是我不好……快起来看看伤到哪里没？"

闻言，顾风很是阴戾地回头瞪了一眼自家哥哥，一副"你又怎么把她惹到了"的神情。

顾屿然只能用"明明是你把她打哭的好吗"的目光回敬他。

那时候窘迫又觉得尴尬的女生没能听出顾风语气中的心疼和束手无策，抹着眼泪推开他就跑回家了。

3.

深夜的校园内，顾风、江小川、周淮声三人走进教学楼的时候，室外的树叶被晚风吹得沙沙响。

"这里这里……对！我记得这儿还有个机房的……剪辑室？"

江小川一边念着教室门上的标牌，一边拧着门把推开门。

"这么多人啊……"江小川推开门的时候，还是不由得愣住了，三排电脑桌旁几乎坐满了人。最主要是因为他们三人仍然穿着网球社社服，被一群艺术生用整齐而诡异的目光盯住，江小川反倒觉得很不自在了。

江小川走在最前面，教室门敞开的时候，周淮声刚好给顾风说完他小时候学交际舞，老师说"你把腿叉开，女生再把脚插过来就好了呀"的故事。

顾风没绷住，踏入教室的时候还是别过头轻笑了一下。

全然没在意教室内的学姐们因为看到他的出现一下就激动了起来。

"喂……是他们啊！上回地震咱们学校上新闻的那几个男生！"

"笑得好治愈！"

"话说体育生为什么会出现在我们艺术生大楼？"

大致了解了机房情况，而且似乎也没有三个多余的空位能让他们坐下来实地考察一下网速，江小川只能朝大家尴尬地笑了笑就准备掩上门转战另一间机房，却没料到顾风又再次将门推开，径直朝第三排靠窗的座位走去。

钟荧正揪着心动作异常缓慢地握着鼠标关掉她打开的视频网页链接，之前打开的十几个窗口，堆满了屏幕上方。现在一个一个点击关闭符号的时候，就像在熄灭自己内心一盏又一盏的灯。

所有，关于顾屿然的灯光。

戴在头上的银色魔声耳机却突然被人摘下，钟荧诧异地抬起头，一直在眼眶中打旋的泪竟然"啪嗒"一声落在了白色桌面上，还把

她吓了一跳。女生一边慌乱地抹掉桌上的痕迹，一边低着头不敢看正倚靠在自己电脑桌旁边的顾风。

周淮声、江小川他们在看清靠窗最边上坐着的是谁之后，朝顾风的背影笑嘻嘻地吹了声口哨示意他们先走了，便转身离开了。

顾风看她通红着眼，只是淡漠地戴上了她的魔声耳机，将目光落在了楼下波光粼粼的游泳池里。

"放首歌。"

钟荧还有点没反应过来，也不知道顾风为什么会出现在这里，但还是很听话地点开了音乐。窝在剪辑室里太久没说话，她的声音都有些哑："想听什么？"

"随便。"

女生只能随意点开了首页里的一首外文歌，又连忙紧张兮兮地抬头看向他："音量合适吗？"

钟荧这才敢看他，好像在学校里顾风他们就总爱穿社服。男生很随意地背对着台式电脑，靠在她旁边，也不顾及其他人朝他们投来探究的目光。

闻言，他微微低头，看着她，黑色短发有些遮住了他的眼。

顾风点了点头，音色越发干净沉寂："要抢选修课了？"

"对啊，我听朋友说篮球课很不错的……期末考试十个球投中三个就可以及格了！"钟荧微微仰靠在座椅上，神色很柔和。眼中似嵌着星光，完全被他的思路带开了也不再像哭过的样子，好像已经很期待这学期可以好好偷懒了。

"我帮你抢课。"

"小风你怎么能这么棒！"钟荧愣了下，而后异常兴奋地直起了身子靠近他，太过激动的她就连手肘无意识地搭在了男生的腿上也没注意。她在认认真真地给他讲抢课攻略，"我跟你说啊，学校的账号可以在好几个浏览器登录，不用熬夜这么辛苦帮我抢，就早晨六点之前登录账号，把学校官网设置为浏览器首页，不断刷新，然后预勾选就好了！"

这个攻略是陈远去年跟她说的，但是想了想，这么懂行情的陈远最后还不是沦落到和她一起上乒乓球课，她还是不忘再通情理地补充一句："实在抢不到篮球课也没关系的！"

顾风静静地听她说着，见她终于激动地说完了，看了眼她还一直压在他腿上的手肘，心里莫名地痒，又将目光移向她饱满温润如一块白玉的面容，顾风抿了下嘴，似笑非笑地点了点头。

——我可没说会帮你选篮球。

4.

"居然拜托学弟抢选修课？还是篮球？这学期网球比篮球难抢多了好吧。"

"好像这个学姐就是地震新闻中和网球社那群男生一起出现的播音部部长？自己作为负责人还受伤倒添麻烦，还好意思跟着一起上电视……"

这个点已经过了晚上的上课时间，待在剪辑室的都是来赶视频作业的艺术生，可能是他们俩说话影响到了别人赶作业。一开始钟荧是没听到那些窃窃私语的声音，但后来她们似乎是仗着顾风戴着耳机听不到，故意加大了音量说给钟荧一人听。

她看到旁边坐着的那对儿情侣已经走了，正想起让顾风过去坐，

才忽然神色紧张地看了眼她刚才放在右边的白色硬盘不见了，两台电脑中间本就杂乱地摆满了各种专业书，那对儿情侣很有可能是离开前收拾东西的时候拿错了！

硬盘里还存了很多有关顾家两兄弟未上传的珍稀视频素材啊……钟荧火急火燎地在书堆里胡乱找了一通。见状，顾风滑下耳机："怎么了？"

"我的硬盘应该被刚才那对情侣错拿了，你在这儿等等我啊！"

那对情侣走了有一会儿了，也不知道这时候追下楼还能不能找得到他们，但那是关于他们三人的记忆，她可不希望被其他无关的人观看。

揣上手机正要起身冲出去的钟荧忽然很快地凑近他，小声而老实地交代了一句："你放心，你光着身子的视频我绝对给你追回来。"

"……"

燥热的晚风从窗口灌了进来，顾风却看了眼黑黢黢的窗外，将急匆匆的女生按回椅子。他把耳机放回电脑桌上，又单手利落地将短袖社服衣领上的两颗透明纽扣解开："在这儿等我。"

钟荧原以为他会跟着追下楼，没想到顾风竟然直接快速两步跨到窗前，然后毫不犹豫地纵身踩上窗台像一只黑豹似的跳了下去！

"危险啊，我都不敢看！"

"那小子居然跳窗！"

"这可是二楼啊！"

整个剪辑室的人都惊得噌地站起来！

只听楼下泳池传来巨大的水花溅起的声音。

钟荧才像是回过神来猛地跑到窗前往楼下望，之后其他同学也赶紧着急地跟着拥到窗边看情况，顾风已经快速游到泳池边浑身湿透地上了岸。

夜晚的泳池被楼上的灯光映得透明得发光，即使顾风已经离开，泳池内的水还在不停地晃动着碎光，岸边湿漉漉地积留着池水。

不知道是谁吹了声口哨："体育生就是'6'啊！"

钟茨紧咬着嘴唇，跟着转身急匆匆地跑下了楼。

当时顾风像阵风似的路过她，准备跳窗的时候，钟茨的心跳都停滞了一瞬，就像被人狠狠地揪住了心脏。

笨蛋顾风……他可是再冉升起的运动员啊，她才不想让他在这种时候拼命……

安静的楼道口只听得见女生不停往下飞奔的脚步声，钟茨越想越担心，鼻尖跟着便是一阵发酸。

晚风吹乱了女生的碎发，钟茨刚跑出教学楼没过一会儿，就见顾风正一边扯着湿透了的领口，一边拿着硬盘向她走来。

钟茨虽然喘着粗气，但还是加快步伐跑到了他的身边。

心里皱巴巴的，好像已经这样沉闷了很长一段时间，钟茨很难过地蹙着眉心："顾风，你是打算受伤了打不了球让我愧疚一辈子吗？我已经很后悔了，我为什么要拍这么多有关你们的视频啊，有什么用呢……"一帧帧的画面原来根本没有留住顾屿然，现在还差点因为视频泄露的事让顾风的眼角受伤。

"后悔遇见我们了？"男生的声音清冷。

从二楼跳下泳池，溅起的水花就像将他整个身子都狠狠地抽打了一遍。对顾风来说，这些不算什么，只是湿透的短袖一直粘在身上，让他有些心烦。

没有得到回复，男生好看的眸也逐渐蒙上了一层暗淡的灰色，他又问了一遍："是吗？"

把顾风送到男生寝室楼下回来后，钟荧破天荒地在书桌旁开了会儿直播。

粉丝们纷纷拥进来以为又可以看到顾家其中一个兄弟了，结果只有博主孤零零一个人，十分懊恼地问："欠一个人人情，该怎么还呢？"

——我记得，博主不会做饭来着……

——我也记得，博主不是个心灵手巧的姑娘，高中的剪纸作业都是屿神弟弟偷偷翻墙溜出学校现买的……

——从没见过如此困难之题。

钟荧原本就很挫败了，没想到再被粉丝们这么一说，她就更加惆怅了。

她想起自己当时在茂密的香樟树下对着顾风抱怨了一通之后，才反应过来其实她的初衷明明就是担心他，然后感谢他来着。

她抬头看着他，可能是被水花拍打的原因，男生狭长的眼角有些微微发红，却是一点都不痛的表情，就只是用漆黑深邃的目光看着她。

他们站在茂密的香樟树下，好像从那一刻起，钟荧脑海中的顾风才完整地从顾屿然的身影里脱离出来，她感觉他在发光。

钟荧忽然有些不好意思地低下头："我先送你回寝室换衣服吧。"

可是男生静静地看了她许久之后，却忽然淡漠地别过头："可我后悔了。"

"后悔什么？"钟荧的瞳孔有些失焦，竟然会有一瞬的心慌。

路边两排昏黄的路灯投下一束束光芒，直至蔓延到远方。

顾风倒退了两步，随后干脆自顾自地转身往前走。灯光落在他还在滴水的发梢上，一晃一晃的。

男生木就是挺拔的个头，腿又长，步幅也大，丝毫没有为她放慢脚步的意思，他的语气疏离又毫不留情："像钟学姐这样的小白眼狼也是不多了。"

小……白眼狼？

"我也说了送你到寝室楼下啊。"钟荧只能快步跟上他。

顾风淡淡地瞥了她一眼，全身湿冷的感觉的确是越发令人不爽了："哦？可是男寝和女寝就隔了条河，来回过个桥好像也才五十米？"

钟荧回过神来，才发现粉丝留言不知道在什么时候竟然全变成了清一色的——还不完的。

而男寝那边的江小川也才终于从顾风手中抢回了自己的手机："你留了什么言啊？可千万不要暴露我的身份啊！不能让钟学姐知道我看她直播，但是从没给她送过礼物……"要不是刚开学就一堆人去这儿去那儿玩，他也不会穷到像现在这样……

第五章

"那以后关心我就表达得明显点。"

♥ Tian Mi Shang Xuan

1.

"在这种惨绝人寰的赶作业和抢选修课的双重压迫下，也就只有荧荧还可以出去买衣服了！羡慕！"

"啊，之前一起逛街，我不是看上了一套三色秋装吗？没买成我回来都要后悔死了！荧荧你还是帮我带一套回来吧！么么哒！"

"真想要荧荧这样的竹马！请问是出生就包分配了吗？"

"想要同款竹马＋身份证号……"

趁表妹还在兴致勃勃选衣服的时候，钟荧才有空扫了一眼室友群，很快回复道："不是给自己买，所以没逛女装，就不能给你们带咯。"

"其实小风……更准确地说应该是竹马的弟弟？"

才刚刚回过去，钟荧的手机便被人忽地抽走。她抬头瞅了一眼，店内精致切割的灯光将眼前还穿着高中校服的女生映衬得越发清秀。温铃笑嘻嘻地拿了好几件男士 T 恤在她面前晃悠："快看快看，哪一件更适合小风哥？"

温铃拿的基本都是黑白灰的运动短袖，看得钟荧有些眼花："我觉得都适合……要不都买了吧？"

闻言，温铃忍不住白了自家表姐一眼："荧荧姐你这样不行啊，我可是好不容易推了兼职来陪你的。小风哥多聪明啊，这样搞批发，

他一眼就能看出你没花心思的好吗！"

钟荧绞着手指，暗自思忖着："可我去年一口气送了三条裙子给你，你不是可开心了吗？"

表妹愣了一下："这个这个……反正男女生的思维不一样就是了！"

钟荧有些无奈："可是，他就是穿什么都挺养眼的啊。"

"唉，我也这么觉得。"温铃抱着T恤，也怅然坐在了钟荧的身边。

"这样吧，荧荧姐你帮小风哥选一件，我也帮他选一件……我选的那件你帮我付钱哦。"

钟荧笑着点头："好的。"

"然后，"温铃顿了顿，表情异常丰富，"然后你再看小风哥更喜欢谁选的短袖好不好？"

与此同时，校内剪辑室的大门再度被几名体育生推开了，满屋的艺术生们又是一阵沸腾。

这次不只是上回那三位了，一共七个体育生啊！个个高高瘦瘦的，三三两两地立在门前，不知道的还以为是来掐架的。

教室里的陈远最先看到人群中很眼熟的那三人，他作为班委从座位上缓缓站了起来："你们来干吗？"

江小川本来已经想好了如何卖萌出场，没想到被旁边的周淮声一把推了出去。没办法了，他作为体育系的团宠（自认为）天真无邪的表情还是必须到位的："哥哥姐姐们，我们来玩'真心话大冒险'吧！输了让我们干啥就干啥，赢了能麻烦腾个座位给我们吗？"

陈远本来白了他一眼正想说"这么幼稚谁愿意玩啊"，便眼睁睁看着教室里的女同学们完全没了学姐该有的矜持，还自带板凳冲上前："好呀好呀，学姐最喜欢玩这个游戏了！"

陈远："……"

以及学姐们："对了，小风也会一起来玩吗……哎，他怎么出去了？"

顾风没出去一会儿，便单手拎了张座椅走进来。

他们都是夜跑完冲了个凉直接过来的，顾风的眼眸极黑极亮，稍硬的发梢还濡着点水珠，更映衬出少年的冷峻感。他径直走向他们早已围坐成的圆圈，男生利落地把椅子往那儿一靠，然后揉了一下湿漉漉的头发坐过去，声音是特有的清脆而干净："开始吧？"

2.

第一把江小川就和两个艺术系的女生输了。

那两个女生显得十分懊恼，因为她们只能眼巴巴地让出自己占了一个下午的座位。

江小川则是无比怀疑地反复看了几眼自己出"剪刀"的右手，他怎么能一开局就忍不住出了这么娘的一个"剪刀手"呢？

只有一个艺术系的女生和顾风赢了。

江小川朝顾风挤眉弄眼："小风，你忍心让我做一些惊世骇俗的事吗？"

"……"

现在忍心了。

顾风微不可察地皱了下眉，他又换了个舒服的姿势，略微倾着身坐着。窗外涌进的晚风微微吹动了男生的黑发，他抿着嘴淡淡地

开了口："安静点就行。"

"哦。"江小川一下就像是一条耷拉下耳朵的小狗，随后又抬起脑袋看向一旁的学姐，"学姐你是要我劈叉还是跳热舞？"

学姐一看就是老手，眼里满是光："再玩大点可以吗？"

"行啊，没问题！"看来是时候显示他成熟的魅力了！

"给最近一次拨号的女生说'我喜欢你'怎么样？"

这话一说，围拢在一旁看热闹的就更有精神了。

教室前面的空隙本就不大，第一盘只有五个人围拢一起玩。江小川则愣了一下，随后有些不太自信地掏出手机："这不难，可我明明记得上一个拨号是为了存号拨出去的，所以……"

扫了一眼手机上的俩字姓名，江小川生无可恋地瞅了一眼顾风，觉得自己要完，就连说话都在结巴："好像是……是钟学姐……"

果然，原本置身事外的顾风跟着就微微抬了下眼，看了眼江小川。

然而学姐还一点未察觉出异样，反而叹了口气："还是我们的熟人呢，算便宜你啦，快点开免提哦！"

这么多人都看着呢，他可不是故意想要抢在小风哥前面跟钟学姐告白啊！再说了，玩这个游戏还不是为了给钟学姐抢课！自己容易嘛！

但是江小川拨电话的手还在颤抖着，偏偏就响了两声，对方便接了："小川？"

啧……钟学姐的声音真的是温柔动听啊！特别是通过电话传来，又为钟荧的声音增添了一丝性感的电音……

再偷瞟一眼对面顾风沉默不语的样子，江小川决定闭着眼速战速决："钟学姐我喜欢你——的直播啊！期期不落！就是一直不够钱给你刷礼物，你能原谅我吗……"

学姐在教室这头悄悄地说了句："狡猾！"

电话那头的钟荧似乎是忍不住笑了，声音格外清甜："你不会是当时带头给我评论'还不完'的人吧？"

那人明明是顾风……但是江小川眼不眨，脸不红："是的，是我。"

"我可以还完的，我都想好办法啦，他一定会开心的！"

江小川再次偷瞟了一眼顾风，没想到原本还一脸冷漠的男生竟然别过头悠悠地看向了窗外，嘴角却在不经意间上扬了几分。

江小川愣了愣，都快被这笑容融化了："好了学姐，你不用告诉我那办法是什么了。学姐你一开口就已经发挥超常作用了，我们有缘再见！"

"……"

江小川飞快地挂掉电话，情绪持续高涨："来来来，我们继续啊！"

顾风心情似乎很好，又跟着玩了几局，之后其他体育生也陆续加入，几盘下来剩下的艺术生也不多了。

顾风就算之前运气再好，也在后面输了一局。

赢他的还是上回那个艺术系学姐。

学姐这次激动地纠结了很久，最后才红着老脸问了出来："之后上网球选修课可以单独指导一下吗？"

顾风毫不犹豫就点头答应了："这个简单。"

闻言，那学姐很开心地便让位离开了。

江小川也笑嘻嘻地凑过来："小风你也可以单独指导一下我吗？"

顾风很平静地抿了下嘴："那你会哭的。"

"……"

玩了一晚上大冒险游戏，现在教室里剩下的人已经不多了。

看到顾风走到最边上那排坐下，其余几人也随意找了个位置坐着。

一直伺机而动的陈远这才有机会装作路过一般，反复穿梭在体育生们的身后。

其他几人已经兴致勃勃地准备联机玩游戏了，毕竟一晚上都得在机房里度过了。顾风虽然登录了选修课网址，但是登录用户名实在是太小了。陈远只能去走廊看似漫不经心地给钟荧打了个电话："还想我和你一起上选修课吗？不然可就没有我这么帅的男生愿意帮你捡球了，你好好想想。"

"不用不用，你选别的吧，千万别选篮球……我想得很清楚了，再和你一起上课，我的生活费就又全变成了你的捡球费了，我今年就想安安静静地吃点好吃哒。"

"帮你捡了那么多回球，请我吃饭不应该吗？"再说了，哪一回不是吃完饭，自己又掏心掏肺地立马带着这丫头吃下一家去了？

"我可以自己捡的！"

"……"这没良心的软棉花！

电话那头的声音虽然又软又萌毫无攻击性，却能把陈远气个够呛："挂了！"

钟荧默默地在这头听了一会儿忙音，心里有些戚戚的，这好像是今晚第二次被人无端挂掉电话了吧？

她不要面子的呀？

女生将购物袋小心翼翼地放进衣柜里，然后躺在床上点开了顾风的微信。

萤火虫：睡了吗？

男生回复得很快——

Feng：睡了。

萤火虫：明天一起吃早饭吗？我请你 (*^ ▽ ^*)。

Feng：明早还要晨跑，抢到课了，我就跟你说一声。

钟荧咬了下嘴唇，她不是那个意思……就是想找个机会把衣服送给他。

萤火虫：好吧，那晚安啦。

顾风静静地看了一会儿手机弹出的新消息，深夜的教室偶有极小的飞虫蹿进来，发出很细微的声响。男生单脚蹬在电脑桌下的支架上，时不时心情很好地晃动一下倾斜的座椅，他拿起手机，按下语音，很轻声地靠近手机说了句"晚安"。

钟荧只是下意识地点开语音，然后就听到一声充满磁性的"晚安"，女生也微愣了一下，就像一只小猫轻柔又无意地挠了一下她的心。

而原本闹腾的寝室安静了一瞬，上铺很快便传来了哀号："什么？所以现在就只有我还没有男生给我说晚安？"

3.

Feng：网球选修可以？

天还未大亮的电脑室里，已经是有人欢喜有人愁了。

顾风发完短信，仰靠在椅背上轻微活动了一下筋骨。

打了一晚上游戏的江小川现在基本是一拳揍过去，他都可以顺势躺在地板上舒舒服服地睡上一觉了。

顾风原本只打算和周淮声跑半小时就回去，结果才跑到一半，男生便微眯着眼望向操场外慢慢停下了脚步。

周末的清晨还这么早起来吃饭的学生实在是太少了，以至于远远看到钟荧和另外一个男生向食堂方向走去的时候，顾风扫一眼还真希望是他看错了。

周淮声也跟着停下脚步，又顺着他的方向看去，然后表情便有些不自在了："我怎么觉得小风哥你熬夜帮学姐抢课，有点不值当啊。"

周淮声是觉得有点奇怪，又跟着那两人的步伐走了几步才恍然大悟："我说怎么这么眼熟，是昨晚和我们一起在电脑室抢课的那个大三学长！"

早晨的微风还透着点湿气，顾风微微喘着气，漆黑的眸子虽然一直落在远处的两人身上却不打算跟过去。他一边冷淡地拿出手机，一边收回目光看向周淮声："吃早饭吗？"

"啊？"周淮声有些搞不明白，"可以吃啊，你一说才觉得真的饿了。"

"嗯。"

顾风拨了个号，随后转身兀自走向一旁的香樟树下。他心不在焉地扯了下袖口，一脚便把路边的石子踢开老远："醒了？"

"嗯！小风你晨跑结束了……"

"可以送两份早餐到操场吗？"电话那头女生的声音似乎很轻快，也不知道是因为什么这么开心，顾风低着头继续冷漠地踢开了另一块浑圆的石头。

"嗯，好呀……"

"嗯，挂了。"

听见听筒里很快便传来了挂掉的声音，女生愣了愣，还有些迷茫地看向身旁的陈远："你们男生大早上是不是心情都不太好呀？"

虽然昨晚顾风没答应和她一起吃早饭，但钟荧还是起了个大早，想买好早餐顺便去操场看能不能偶遇他，没想到他正好就给她打电话来了。

陈远也是半路上遇见的，那精神萎靡的样子和"植物大战僵尸"里的僵尸没什么两样。

又在得知她最后选的网球之后，他脸彻底拉下来了，一直持续到现在。

陈远十分阴郁地开了口："没被满足需要，不爽一天都可以。"顿了顿，他又补充了一句，"你不用放在心上。"

"好的。"

他再次强调了一遍："你千万千万不要放在心上。"

"好的。"她已经听得非常非常清楚了。

"……"

钟荧简单地吃了个早饭便提着两份早餐往操场走。

周末还在晨跑的学生少之又少，因此一眼便能看见顾风的身影。

"是钟学姐！"

周淮声跑快了几步上前轻微地撞了一下顾风的手肘。

"嗯。"

可是被撞的男生仍然目不斜视地继续跑步。

一圈过去了。

"本来在给我们加油的，现在退到操场外坐着了。"

顾风仍然没反应。

周淮声忍不住提了下嗓子："搭讪的过去了啊！"

闻言，顾风这才下意识地朝操场外扫了一眼，看她孤零零地埋头在玩石子，男生淡淡地又扫了一眼身旁装作若无其事的好友。

顾风穿着纯白的T恤，第三圈没跑完还是忍不住逐渐放慢脚步，大步朝她走去。

钟荧本来坐在操场边百无聊赖地等着，见状，连忙笑容满面地起身迎上前："结束啦？"

"嗯。"

顾风烦躁地揉了下自己的头发没看她，忽然好想手里能有个球拍转着玩打发一下时间。他只是漫不经心地低着头伸手想要拿回两份早餐，女生提着早餐的手却往后缩了一下，男生这才抬眼看了她一眼。

钟荧仰头直视他漆黑的目光，微风轻轻扬起了她耳旁的碎发，将人的思绪都吹得细腻了："在和谁赌气？"

顾风一愣，完全没想到她会用"赌气"这么小孩子气的词来形容他，他更加恼火："我没有。"

"你有。"女生的语气异常坚定。

"……"

"你这是在关心我的情绪吗？"

"对啊。"

钟荧看着顾风阴晴不定的表情，竟然还有点心慌，特别是男生还顺势朝她靠近了几步。

顾风离她很近，微微低下头看着她，沉寂的眼眸像是蒙了一层黯淡的灰，温热的呼吸轻柔地喷洒在女生的右脸颊边，让她轻颤了下。又想到早上陈远的那番话，钟荧竟然不经意地便轻轻问了出来："你有什么需求还没被满足吗？"

闻言，顾风的眼眸倏地颤了下，像是有一股原始的躁动涌上了心头，她可能还不知道"需求"俩字对于男生意味着什么。

顾风伸手像是要揽她，却只是轻松地钩走了被她藏在身后的两份早餐。

男生微微靠近她的耳垂，极力压抑某种渴望，声音近而哑："以后关心我就表达得明显点。"

——阿荧，我们慢慢来。

4.

周四下午便是网球选修课，顾风不是让她表达得明显点吗，钟荧这次上课又是背了一个新球拍又是把两件新衣服塞进背包带了过来。大包小包齐上阵，乍一看还以为是来球场卖包的。

她在 1 号球场做准备运动，眼神却直落落地看向 2 号球场。

那边有体育生在训练网球，不时传来网球和球拍撞击的声音。

唯有顾风坐在球场边休息，他靠在场边，一只腿伸长，另一只腿屈起，有一搭没一搭地玩着球拍。

上课的是年轻的大三助教，看着班上的女生都在兴奋地往旁边瞅，忽然很不屑地开了口："大一的小破孩儿有什么可看的。"

"喊，有什么可骄傲的，他还不是从大一走过来的。"旁边的女生忽然很小声地嘀咕了一声。

闻言，钟荧这才收回了目光，她本来是跟着看她们到底在望什么，

结果顺着目光看过去，便是格外悠闲的顾风。

女生微微抿了下嘴唇，好像这时候才意识到顾风小小年纪人气还挺旺。

"好啦好啦，都往这边看，我有时候还给那群小孩儿上课，吵都吵死了，没一个听话的！

"我们现在先学挥拍，谁有网球基础？"

钟荧下意识地举了下手，结果发现全班只有她一个人在举手，而且她的初衷本来还是选修篮球来着……

助教看了她一眼，原本只是想问问的，这下却忽然笑着朝她招手："这位同学你过来！"

女生很听话地走上前。

助教继续笑眯眯地说："挥拍应该会吧，做一下动作我看看。"

女生继续很听话地呆愣住了。挥拍好像也是七八岁时心血来潮找顾叔叔学的，记得应该是这样吧……钟荧双手握着球拍向前挥打了一下，然后自己都忍不住笑了，这和平时挥打苍蝇的动作好像没什么区别吧？

见状，助教带着一副"果然不会"的笑容靠上前："来来来，我先教你。大家也注意看看正确姿势是什么样的。"

然后，助教正准备握住女生雪白的手腕，钟荧便听见有一阵极迅速但很轻微的风声从后面传来。下一秒，网球便带着凛冽的强风精准无误地落在助教的旁边，还不停地在原地旋转了一会儿才逐渐停下。

"你们练球不长眼睛的吗？"助教早就吓得朝后跳了两步，等反应过来才忍不住转过身吼了过去。

顾风拿着球拍轻敲了下自己的右肩，清俊冷漠的男生极缓慢地朝这边走来，眼神却毫不避讳地和助教对视了一眼："不长眼睛的话，应该就落在你头上了。"说完，也不再看向助教，而是轻微地侧了下头看向钟荚，"要我教吗？"

钟荚原本就茫然地看着顾风，这下和他转过来的目光撞上了，她还有些无措地抿了下嘴唇。

虽然男生的语气很是平静，但钟荚还是隐约察觉到了他好像心情又不好了。

"顾风，你别以为上午刚去参加了省里比赛就厉害得不行了……"助教粗着脖子正要向他走来，顾风身后的江小川便已经及时跳过来，用消瘦但挺拔的身躯霸气地挡在了前面："小风哥没和你说话好吗？"

见女生没回答，顾风又走近了一步，却还是很克制地停在了约莫一个手臂的距离处，低头看着她："要不要？"

"别靠太近啦，小风……对我心脏不好。"钟荚咽了咽口水，用只能两人听见的声音小小地控诉了一句，心却在快速跳动着。

男生看着她想躲，也很配合地用只能两人听见的声音问了句："不要？那我就问她们了？"

钟荚这才赶紧小声抢话："要要要！"心里想的却是一定要找个机会好好教导一下顾风了，学姐是用来尊重的，不是用来欺负的啊！

"嗯。"

虽然是被逼迫说出来的，怎么听起来还是这么舒畅呢。

男生的眼角这才带了点笑意，他回头眼神淡淡地看向助教："打

吗？"

"废什么话！小子，哥哥教你怎么做人。"助教脸色青白，一把推开江小川，拿起球拍便开始不停地来回踱着步，神色很是吓人。

钟荧这才和其他同学一起退到场外，刚才站在她旁边一直吐槽助教的林丽兴冲冲地跑过来："之前和他们玩'真心话大冒险'我就注意到了，荧荧你好像和顾风他们那一伙关系很好啊，顾风一直都对你这么好的吗？"

两人找了个阴凉的地方坐下，钟荧一边在思考林丽怎么和小风他们玩起了游戏，一边摇了摇头："不是的，他好像是最近才这么通情达理的。"

"什么意思？"

"他高中的时候总是冷着一张脸，满脸都写着'无事勿扰'的神情。我觉得他是来了新学校，人生地不熟的，希望我能庇护他吧。"钟荧顿了顿，还一边说着一边相当赞同地点了点头。

闻言，林丽瞠目结舌，又看了眼不远处刚被顾风欺负到不行的助教，她最终还是选择笑一笑不说话。

钟荧见林丽这样子，她还有点急："你别不相信我呀，我可以的！"

"好好好，乖乖乖……我相信你，我们看比赛好不好？"

"好。"钟荧撇了下嘴，算是安分下来了。

顾风正好低着头弹拨了几下网球，林丽又激动地挽住了钟荧的胳膊："顾风最好是打到助教连一个球都碰不到！"

"小风好像还没那么厉害？"而且最主要是这太伤人了，他不会这么做的。

钟荧是如此相信他，以至于顾风之后正式发球，那凌厉的球风和助教逐渐变得菜青色的脸，她都觉得有点看不下去了……

但凡是顾风的发球局，助教竟然真的连球都碰不到！

助教一开始还瞪大了眼一副无法接受的样子拼了命去接球，直到网球一次又一次与他的球拍擦过，他才像是失了魂一般十分狼狈地停下了脚步。

助教脸色红一阵白一阵的，双眼仍然瞪得大大的。他十分艰难地走到网前好像已经耗尽了全身力气，他根本不敢再往学生那边看："我认输。"

"知道了。"

顾风轻微甩了下手腕，然后看也没看一眼助教便转身朝1号球场走去。

之前坐在绿荫底下的同学们立马起身乖乖排好，甚至还有一些胆大的女生笑嘻嘻地喊了声："老师好！"

"嗯。"没想到顾风竟然还漫不经心地应了！

虽然对面站得整整齐齐的同学都比他大，但是顾风的气场仍然是全场最高，他眼风狭长，又淡淡地开了口："学挥拍？"

"好好好！"

见之前的助教尴尬地站在原地，江小川有些心疼地走上前拍了拍他的肩："小风哥本来不是这么霸气外露的人，只是师兄你教谁都不应该想要亲手教茨茨姐，他很小气的。亲手教茨茨姐，只有他可以。"

想了想，江小川又补充了一句："不然就白白浪费他牺牲色相抢来的选修课了。"

"……"

5.

顾风真的有在认真地教动作，还让江小川他们把球拍借给没带拍子的同学。虽然他在一个一个地调整动作，但并不像刚才的助教那样有明显的肢体接触，即使略微靠近她们，也是一副"你们就是我的学生，我管你们是男是女"的清心寡欲的神色。

但是女生们可就没那么淡定了，特别是看到顾风就只是轻微地将她拿球拍的右手往上提了一下，林丽便已经以肉眼可见的速度脸红了起来。

钟荧在这边看得呆呆的。

给林丽调整完，顾风顺其自然地朝钟荧走来。

见状，女生竟然下意识地摸了摸自己的脸蛋，也不知道自己会不会脸红。

钟荧任由顾风握住自己的手腕微微往上提，全然没在意他指导了这么多人，却只握过她一人的手腕。

因为要不停挥动球拍，彼此间隔都还蛮远。

钟荧便肆无忌惮地看着他，男生微微低着头，额前刘海稍稍遮住了他的神色，让她有些看不清他的目光。本来是想提醒他可以剪一下头发了，没想到脱口而出的却是："小风你很禁欲啊。"

毕竟面对这么多漂亮小姐姐正眼都不看一下的，现在小男孩的情欲顿悟能力都来得这么迟缓吗？

闻言，顾风这才将目光直直落在她脸上。

下一秒，男生便松开了握住她手腕的右手，而后极缓慢地解开了社服上两颗透明纽扣。利落清晰的颈部和锁骨线条便若隐若现地出现在她眼前。

钟荧竟然忍不住咽了下口水，然后微怔道："干吗干吗？"

"解禁啊。"禁欲的禁。

顾风漆黑的眼眸直直看向她。

男生靠得太近，以至于钟荧觉得身边像是有一团火，灼得她脸颊也微微发烫起来。

女生这下干脆收回拍子，有些心虚地快速伸手娴熟地将他两颗扣子扣上："好啦，继续封印。"

隔着轻薄的棉麻质感，女生手上的温度轻柔地传到他的胸前，便又加大了触觉感受。

顾风的喉结微不可察地动了下，有些懊恼地觉得这个举动好像才是解禁吧。

男生干脆有些烦闷地拿开她的手，飞快转身去指导下一个了。

一节课光是挥拍，钟荧都感觉右手有些酸痛了。

刚下课林丽便迫不及待地朝钟荧走来，她的周身早已燃起了八卦之魂："好哇，荧荧，你居然上课时间公然调戏学弟！"

钟荧觉得手心有汗，想找个洗手台洗手："怎么会，明明是他先解扣子呀？"

林丽抑扬顿挫地"哦"了一声："那是学弟上课时间调戏你咯？"

"……"

"我们都这样相处的。"

"怎么相处的？"

钟荧愣了下："就是……邻居之间的彼此照顾吧。比如爸妈要出远门，我怕黑，他们两兄弟就轮流过来陪我；比如风太大，把两

兄弟的衣服吹到我们家院子，我会捡起重新洗一次再拿过去之类的吧。"

林丽听见顾家竟然有两兄弟，眼神更加亮了："衣服？捡的哥哥的，还是弟弟的？顾风是哥哥还是弟弟？"

终于看到操场边的洗手台了，钟茨的眼神也跟着亮了起来："这个我就没注意啦，顾风是弟弟。"

"那有没有捡到过裤衩呀？"

"什么？"

"裤衩。"

钟茨沉默了一下，最后抿着嘴点了下头。

闻言，林丽简直乐坏了："哈哈哈，那是谁的你知道吗？"

这下钟茨才终于红了耳根："这么私密的物品我怎么知道是谁的！"

终于到了洗手台，钟茨飞快地想拧开水龙头阻止林丽再问出什么惊天地泣鬼神的问题。结果她可能拧坏了，水龙头忽然被涌开的水花喷掉，哗啦啦的水猛地溅了她一身。吓得钟茨和林丽又忙不迭地捡起水龙头拼了命地拧回去。

等这项"工程"结束之后，钟茨已经是透心凉，但是还好林丽只打湿了点头发。

旁边就是卫生间，钟茨只好跑到里面待着，生无可恋地等着林丽帮她把背包拿过来。

"钟茨？"

结果没等一会儿，外面竟然传来了顾风的声音。

女生在里面来回走着纠结了好一会儿，才应了一声："哎。"

"你的包。"

钟荧不停地拧着已经湿透的衣服，她难为情地咬着唇："小风你可以把包伸到门里我能看到的位置吗？"

没一会儿，她便真的在门边看到了自己的包。

钟荧感激涕零地拿过，然后翻出了两件给顾风买的短袖。

虽然有些犹豫，但还是换上了她自己选的墨绿色短袖。

没想到本来是打算给他的衣服结果被自己穿上了，之后再给他补一件就好了。

可是还真的很长啊，钟荧在镜子前晃了两圈，都已经遮住运动短裤了。

女生竟然还忍不住美滋滋地笑了，这就是所谓的衣服以下都是腿呀。

所以当钟荧披散着头发走出卫生间的时候，顾风还是忍不住将视线落在了女生修长白皙的双腿上。

男生的眼眸不知不觉中夹杂了一些别的神色，虽然和之前穿着短裤是差不多的长度，但这一眼只看得到衣服和腿的视觉效果显然就更强烈了。

只是一会儿，顾风便很快移开了目光。

钟荧有些不自然地朝他走去："这衣服很长吧？"

"嗯。"

"其实是给你买的……"女生一边说着，一边从背包里拿出了另一件用纸袋装好的短袖，"这一件也是给你的。"

顾风接了过来，眼神却还落在她穿的那件衣服上："我更喜欢这件。"

闻言，钟荧有些蒙："你好歹看一下？"

"我就喜欢这件。"男生的语气简单坚定到不容别人反对。

"……"

虽然顾风只是在看一件衣服，但那目光好歹是停留在她身上啊……

钟荧竟然有一瞬说不清的紧张："好的，我再重新给你买一件。"

两人在往球场走，顾风却冷不丁忽然说了句："你之前在院子里捡到的衣服是我的。"

"啊？"

顾风淡淡地抿了下嘴唇，沉默了一下："还有那个，也是我的。"

"啊啊啊？"钟荧都要在风中凌乱了。她快羞愤死了，为什么林丽什么都和顾风说啊？

钟荧拍了拍自己的脸蛋，好像火烧火燎的，心也跟着不自觉地乱了："好的，我知道了，我以后不会乱捡了……"

"嗯？"

两人离得很近，因此男生微微上扬的鼻音才显得异常清晰。

"不是，其实这些事我都早忘了，举手之劳而已，别见外哈……"

顾风忍不住轻咳了一声，谁和你见外了？

钟荧却绞着手指，像是想起了什么，忽然有些感慨地连忙转移了话题："话说小风原来你的网球已经打得这么棒了，竟然真的让助教连球都碰不到啊。"

回球场的路上有一长排绿油油的大树，蝉声此起彼伏，还不时有光斑一晃一晃地落在两人的脸上。

　　顾风无所谓地别过头，但是不知不觉间似乎又把手中的纸袋攥得更紧了一分："没什么大不了的。很早就可以做到了，只是钟学姐没留意而已。"

第六章

"别拒绝我。"

 Tian Mi Shang Xuan

1.

萤火虫：明天我要回 C 市录制一期真人秀，下午的网球选修课就不能来啦。

收到电视台发来邮件说 28 号有通告时，钟荧第一时间便翻出了顾风的微信。

Feng：嗯，我也在 C 市，有个比赛。

顾风秒回了一句之后，便不再回复了。

什么比赛呀也不说清楚，女生只能自己上网搜了一下，才知道是 25 号到 29 号举办的青少年大师赛。

钟荧呆呆地看着日期，忽然有些郁郁地吹了下额前的碎发。她还莫名其妙地报了一下行程呢，结果对方已经在 C 市待了三天也没和她说一声。

这样怎么多多留意他嘛。

但是钟荧很快便没时间思考这些了，电视台负责人又紧接着打电话来通知节目预期效果，希望她和陈远还能有之前《声乐之城》的 CP 感。

现在台里想捧新主持人还真的不容易，但凡台里有什么大爆的综艺，都会安排他们去录制几期。就像暑期参与录制的配音节目，

终于在最近播出了，有个听配音猜大咖是谁的环节，六七个实习生去参与录制，唯独她和陈远两人每次都能异口同声地喊出同一个名字。

猜对了很正常，可是猜错了都能猜错成同一个人，在外界看来就很是有猫腻了。

可那些都是凑巧啊！

钟荧在这边听着，不自觉地小声吐槽了一句："你追我赶的综艺节目还能怎么有 CP 感？总不能我跑一步，他就不敢跑两步吧？"

负责人原本在电话那头唠叨了很长一段，忽然停了下来："你说什么？"

"就……感谢台里的栽培，嘿嘿。"

28 号的录制，钟荧和陈远很早便赶到现场了。节目策划人也是炒 CP 的好手，有一个在泳池边猜题的环节，和体育项目有关的，一开始他们竟然又猜错了同一选项，被无情地抛入了水中。

钟荧颤颤巍巍从泳池里浮起来，抹了一把脸上的水，小声凑近陈远说："下次可以和我选不一样的答案吗？而且总是这样凑巧，观众肯定也看腻了。"

陈远在池中，一边先把钟荧小心翼翼地推上岸，一边冷冷开了口："你管本大爷选什么答案。"

"……"

"你拿到所谓的剧本了吗？"

女生茫然地摇了摇头："没有啊。"

陈远掏了掏耳朵里的水："我也没有，所以这不是刻意安排，而是……"

钟荧表示领悟地点了点头："而是我们的体育都是数学老师教的对吗？"

"……"

所以之后的猜题环节便成了这样——

女生就快心潮澎湃地说出 B 时，忽然紧张兮兮地问了句旁边的陈远："你想选什么？"

陈远想也不想便回答："选 B 啊，因为……"

"好的，我选 C！"

钟荧"扑通"一声落下水。

钟荧："……"

陈远咽了下口水，因为 B 是正确答案啊，好歹让他说完这句话好吗！

第 n 局，钟荧照例声音发着抖问陈远："你想选什么？"

虽然心里装着 B，但是陈远还是毫不犹豫地说出了"A"。

闻言，女生显然高兴极了："B！这回我选 B！"

陈远"扑通"一声落下水，从泳池甩着头发摸上岸，看到钟荧露出"这回我们终于毫无默契"的笑容时，他也静静地看着她的侧颜跟着笑了。

一旁的摄像师简直 360°无死角疯狂抓拍到了陈远这一神色，这又是炒 CP 的经典桥段啊！

录制到临近傍晚的时候，钟荧便觉得有些晕乎乎的了，也不知道是不是下午落水多次的原因，但是晚上的追逐游戏她还是拼尽全力参与了。

终于结束了一天的录制，直到坐上出租车，钟荧才意识到她应该是到特殊日子了，肚子一阵一阵地往下坠，好不容易到家了，却发觉没一个房间是亮着灯的，明明隔壁顾家还灯火通明来着。

钟荧虚弱地打开门，她全身靠在了门上，头往里面张望了一下："我回来啦。"

漆黑的屋内一片寂静。

女生惆怅地呼了一口气，习惯性地将钥匙塞进了门外的地毯下便关上大门回了自己的房间。

钟荧痛到在床上不停地翻滚，好像所有姿势都试了一遍，最后还无力地滚到了床下……

最后，她用仅剩的最后一点力气，翻出了妈妈的微信，委委屈屈地发了条语音："妈妈你的女儿都要痛死啦，你们还出去旅游了，是吗？"

妈妈很快便回了条语音过来："荧荧你怎么啦？"

还发来了三个大哭的表情。

女生虚弱地回复："痛经……"

妈妈又紧跟着发了条语音："小风好像回C市了，我打电话让他给你带个药！别怕啊，小风就像他名字一样，麻溜地就过来了啊！"

闻言，盘腿坐在地板上的钟荧一下就慌了，虽然很想知道为什么就连妈妈都已经知道他在C市，但她还是很快按下了语音键，不知为何，胸腔内的心跳声都如雷贯耳："不用啦，妈妈，我现在有点丑……"

语音还没发出去，便听见自己的房门传来了两声象征性的敲门声，然后房门便被人推开了。

咦，是小风哎。

2.

钟荧取消了语音发送，呆呆地望着他。

一个挺拔清瘦，额际上还微微濡着汗；一个失神呆愣，因为快要痛死了满身虚汗。

男生今天竟然还穿着她送的那件墨绿色短袖啊，记得前一阵她特地又跑回专卖店看，结果没有合适的码了，她只好把穿过的那件洗了晾干送过去。而且送过去的时候没见到他人，还是游手好闲的小川代收的。

但是，钟荧还是忍不住多看了两眼，他穿上真的好酷。

钟荧一边矜持而虚弱地翻上床，一边正想问一句"今天的比赛怎么样"，结果门口清冷的男生晃了晃手中的钥匙，声音是少年特有的干净："给谁留门呢？"

"……"

那只是家里没人，她的习惯性动作而已。

但不知为何，钟荧还是有些莫名心虚地给自己拉上了被子，她气若游丝地回了一句："要你管我。"

顾风的手机铃声正好响了起来，他看了眼来电显示，又看了眼床上的钟荧："喂，阿姨。"

他静静地听了会儿："好，知道了。"

挂掉电话，顾风也没再说什么就转身离开了。他出门买药，可是再快来回也花了快二十分钟。等他拿着药回来的时候，便怔在了门口。

钟荧不知道以什么姿势，把整个身子都埋在了被子里，把被子拱起老高。

"钟荧。"

饭团被子没有丝毫动静。

男生犹豫了一下，又上前半蹲在了床前，语气温柔："阿荧？"

饭团被子静止了很久，才又终于扭动了一下，然后便见一只手弱弱地从被子里伸出来，手心向上，一看就是索要东西的。

"……"

顾风沉默地把药盒打开，放了一颗药在她的手心上。

女生飞快地缩回去，之后又摊开手心伸出来。

见状，清俊的男生有些无奈地叹了口气："这样水会泼的。"

哪知女生竟然还急躁地朝他不停地晃手，示意他快点拿给她。

顾风看了眼床上的这团被子一时之间竟有些无法形容，最后还是无可奈何地被逗笑了。他刚刚把水杯递给她，她便迫不及待收回手猛喝了好几口。

等她再次把水杯递出来的时候，杯里已经一滴水也没了。

男生本来静默着准备再陪她一会儿，便见饭团被子以肉眼可见的速率移到了最里面的床角……

然后，继续蜷缩成一团。

"……"

他竟然还能看出这是"驱客"的意思，给她重新倒了杯热水，便关上灯，掩上门出去了。

深夜十一点的光景，楼下客厅没开灯，只有落地窗外漏进了一片微光。

顾风毫无睡意，他仰躺在钟荧家的沙发上，一只手枕在脑后，一只手翻看着微信消息。

川哥威武凶猛：啊啊啊，小风哥，教练来房间问起你跑哪儿去了，我说你出去买水喝很快就回来……

川哥威武凶猛：教练又来了一次，我快疯了啊！我把周淮声关进厕所里，说是你们出去夜训了。哇，教练居然还问我怎么不跟着一起去……我该把自己关厕所里的！

川哥威武凶猛：话说小风哥你到底偷跑出去干吗？

Feng：哄人睡觉。

川哥威武凶猛：……

川哥威武凶猛：好哄吗？不是不是，那画面和谐吗[斜眼笑]？

川哥威武凶猛：别不理我……好吧，什么时候回来？

Feng：她睡着了就回来。

川哥威武凶猛：嘿嘿嘿，小风哥服务这么周到，我敢保证有了第一回就想要第二回！

……

钟荧在被子里闷了很久，才终于满身是汗地扯开了被子。女生大口大口地呼吸着新鲜空气，脸色一阵惨白："痛死了，痛死了。"

但是，钟荧抿了下嘴唇，他这样子，可比十二岁那年温柔多了啊。

那时候，瘦小的顾风满脑子装的都是足球，晚饭后便来按响她家门铃了，然后又从门口的地毯下摸出钥匙，一边推开门，一边踢着足球进门了。

稚嫩而冷漠的男生一开口便是："钟荧你可以上楼睡觉了。"

彼时才晚上七点刚过……

本来跑下楼准备为他开门的钟荧愣在了楼梯口，她露出了尴尬而不失礼貌的笑容："可我才从你们家吃了饭回来哎。"

"嗯。"男生仍在专注颠球，在同龄人里瘦削的个头算矮的了，矮了十五岁的钟荧足足半个脑袋呢，但是踢足球意外地棒，如果没人打扰他，他可以连续颠两百个，"吃过就可以睡了啊。"

"……"吃了就睡，他当她是猪吗？

小男生一边颠着球，一边注意着墙的方位，帮她打开了客厅里的所有灯，厅内瞬间亮堂了起来。

钟荧可怜巴巴地坐在沙发上，她简直乖得不得了："我现在还睡不着，你可以把作业拿过来做，不懂的题我可以给你讲！"

小学六年级的题可难不倒她。

哪知小男生却淡淡地瞟了她一眼："那么简单，十分钟就做完了。"

太好了，没再诱导她快点睡，钟荧决定继续和他找话题聊："要小升初了吧？准备读哪个初中呀？"

闻言，顾风皱着眉头，觉得烦得不行，本来就穿着黑色短袖黑色短裤，现在显得更冷酷了："你管我。"

"……"钟荧微微张了张嘴，忽然觉得心灵受到了严重创伤。

"你不困就安静地看我颠球。"小男生膝盖微一用力，便将足球顶得超过了自己的身高。他仰了仰头，随后又换了个膝盖继续接住，他忽然张扬地笑了下，"酷吧？"

"酷！"真是的，让她安静点，求夸的时候就允许她说话了……

钟荧一开始还兴致勃勃地双手撑着脸蛋一直追着他的身影看，直到几分钟后她完全没了兴趣："你怎么能颠这么久啊？"

"因为我强啊。"

"……"

至此，钟荧干脆跑去冰箱拿了两瓶饮料，她看她的电视剧，他颠他的球。

顾风颠累了就喘着粗气坐过来一起和她看会儿电视，他仰头一口气喝下了快一半的饮料。

小男生又皱了下眉："这个电视剧好幼稚。"

闻言，钟荧有些欲哭无泪了："那你想看什么？"

顾风很认真地想了想："《动物世界》还可以。"

钟荧想了想刚才换台正好讲到了"又到了春天，万物复苏，动物繁殖的季节"，便决定不换台："《动物世界》也好幼稚！"

小男生沉默了一下，噌地起身："我回去拿本睡前故事给你读。"

"好好好，我给你换台！"

结果顾风仍然准备往外走，脾气这么大吗？钟荧想伸手把他拉回来，他已经飞快地走出去好几步了，女生也跟着气鼓鼓："小风你是男生不能这么小气！"

顾风回头很无语地看了她一眼："我回去拿个东西。"

钟荧泪眼巴巴："是睡前故事吗？"

"不是。"

"哦。"

钟荧这才安分地回头继续看电视，好一会儿顾风才又回到她身边，还把抱在怀里的各种礼盒都一股脑地放在了女生身前的桌子上。他淡淡地说了句"都给你"，便又继续转身玩足球了。

什么意思？难道是成套成套的睡前故事？

女生有些狐疑地一个一个拆开礼盒，一支钢笔，笔盒里附着一句歪七扭八的"小风生日快乐呀！你的字真好看，这支笔能让你的字更好看哦"，接着是零食大礼包，还附上了一句"小风你应该多吃点！你要相信自己肯定还能长哒"，之后又是酷酷的小男生玩偶，可是再酷也是个玩偶啊，像顾风这样的钢铁直男怎么可能会喜欢……

检阅完毕，钟茭终于明白了："这些都是给你的礼物啊，为什么给我呀？"

顾风的声音透着这个年纪该有的傲娇和口是心非："不喜欢的当然都给你啊。"

"……"

其实身后的男生并没在认真玩足球，反倒是在思考另一个严肃的问题。他烦恼了好一会儿才问了出来："昨天你睡着了，是顾屿然抱你上楼的吗？"

闻言，钟茭一下子便慌张起来："怎么可能？我自己上楼睡的呀。"

"那就好，"小男生这才舒展了眉目放下心来，"我现在肯定还抱不动你，但是以后就可以了。那你待会儿困了就上去睡，我会等你上楼一个小时后再回去的，你别怕。"

窗外有风涌进来，夹杂着无名的花香和夏天的气息。钟茭看着瘦小的男生那极黑极亮的眸子，竟然失神了很久。

3.

钟茭休息好了，很早便收拾着起来了，而且还在楼下的茶几上发现了一张青少年大师赛门票。

看着被压在茶杯下崭新的门票，钟茭快速把它抽出来，心里竟然有些高兴。那时候查到底是参加什么比赛的时候，也顺便看了下还能不能再买到票，但是售票通道早已关闭了。

顾风为什么会有一张多出的票呢……难道是为她特意留的？

扫了眼票上的入场时间，她赶紧上楼换上一条姜黄色的裙子，又拿上相机便迫不及待地准备出门了。

才是八点刚过的光景，天色已经大亮了，钟荧推开门的瞬间感觉到有一股凉爽的风涌了进来。

然后下一秒她看到庭院里的场景时，呼吸似乎都停滞了一瞬，而后浑身颤抖了起来。

钟荧死死地咬住了下唇，她放下手里的相机，飞快地跑到庭院想要把被推倒的黑松重新扶正起来，可是她力气太小了，挺拔的黑松已经被连根拔出凄凉地倒在了地上，树根周边只散着稀松的泥土。

女生想要抱着树桩把它抬起来，可好不容易将它竖起来，她却没办法把它重新埋进土里。

钟荧只能一直扶着黑松的树桩哪儿也去不了，她周身的血液都沸腾了，气得几乎是不停发抖，红着眼看了眼对面的房子，只有她家被人破坏了。

再回头一看，才发现就连黑色木门也被人喷上了猩红的油漆，颜色鲜艳得近乎惊悚！

是巨大而扭曲的几个大字——给我小心点！

不用说，应该是被什么仇家盯上了。

可是，她家从来没得罪过什么人，自钟荧有记忆开始，家里就从来没发生过这样恐怖的事啊。

对面那户的女主人似乎是起来浇花，然后看到钟荧这边的景象

吓得水壶都掉在了地上，而后很快镇定了下来，着急地跑过来看情况。

女邻居抚摸着她不停颤抖的后背，着急地安慰："荧荧别怕别怕啊，不知道是哪个缺心眼干的破事！但是你别害怕啊，阿姨帮你！"

终于看到了熟悉的面孔，钟荧好像才松了口气。她极力缓和了呼吸，才发觉刚才过度紧绷的神经一放松下来，连双腿都不自觉地软了。

"谢谢林姨。"

坐在门前无助地等修理师傅的时候，钟荧才想起该给顾风发条消息。

她已经错过入场时间了，而且现在她也不能抽身离开。

萤火虫：小风我忽然有点事，就不能来赛场观战了，不好意思。

手机亮起来的时候，拿着顾风手机的江小川原本是不想管的，可是看到通知显示的"萤火虫：但是你一定能取得好成绩的"，他也能猜出，钟学姐是真不打算赶来了。

江小川看着比赛区里的顾风，好像自比赛开始，他便冷着一张脸，球风也带着股凛冽的戾气。

即使父母一大早就赶来了，顾妈妈还如此卖力地在看台上加油，顾风好像也没露出丝毫笑意。

这是争夺冠军的最后一战，已经快持续了三十多分钟，短暂休息了两次。两边仍然不相上下，比赛进行得异常紧张。

江小川揪心地拍了下大腿，真是心疼得不得了："小风哥可是为了荧荧姐凌晨两点才赶回来的啊。如果是我，我也会觉得，这么重要的时刻，如果她在就好了。获胜的时候，我能看到她全心全意只为我露出的笑容就好了。"

周淮声也叹了口气，将双手枕在脑后："好好看比赛吧，喜欢的女生不给力，做兄弟的怎么也要无条件支持他。"

师傅们是在半小时后赶到的，看到这番景象自然也是倒吸了一口凉气。

中午以后钟荧才从警局做完了笔录回来。

她终归是害怕，犹豫再三还是报了警。

回来的时候，师傅已经重新给大门和周边的白墙上了漆。看见她心神不宁的，林姨连忙上前询问情况："怎么样？说清楚了吗？"

钟荧勉强朝林姨挤出了一个笑容："谢谢林姨，林姨快回去休息吧，这一上午辛苦你了。"

"傻孩子，邻里互助是应该的呀，有事就过来敲门啊！我可是看着你们这群小孩儿长大的呀！好不容易回来，爸妈不在家又遇上了这样的事能不心疼吗？"

闻言，钟荧鼻子有些酸涩，心里却涌上了一股暖意。

送走了林姨，一旁穿着深绿色工作服的中年师傅抬头擦了把汗，顺便问了一句："小姑娘吃饭了吗？"

"还没呢。"就顾着尽早赶回来，不好一直麻烦林姨，她还真忘了吃饭的事。

朴实黝黑的师傅指了指台阶边放着的红色塑料饭盒，师傅笑起来满脸的褶子："这儿还剩下一份饭，不介意的话就吃了吧。就是凉了，热一热还是可以吃的。"

"啊，好！谢谢！"

钟荧拿起了盒饭，发觉还是温温的，她就坐在台阶上，揭开了

塑料盒捧着吃了。

味道卖相都不怎么好，两荤两素，还全是大块大块的肥肉。可是钟荧用粗糙的一次性筷子夹着饱满的饭粒送进嘴里时，却吃得直想落泪。

这世上，还是好人更多，不是吗？

4.

顾风苦战了三盘最终以6：2、3：6、4：6被西班牙的网球天才逆转，获得了本届青年大师赛的亚军。

虽然是亚军，但仍然可喜可贺。顾屿然在三年前的青少年大师赛为中国夺得亚军后，之后连续两年冠亚军都被其他国家包揽。

江小川他们都要乐疯了，顾妈妈也激动得又哭又笑，还打电话给助理包下了某个户外泳池庄园，招呼社员们和教练好好放松一下午，之后再到自己家里做客。

江小川听到包下了整个泳池，兴奋得都快流鼻血了，满脑子的漂亮小姐姐……

周淮声看出了他的小心思，无情地踹了他一脚："蠢货想什么呢？都包下整个泳池了，那跳下水的不就都是我们这群汉子了吗？连唯一的一朵红花钟学姐都不在……"

"对哦，那还有什么乐趣呢……话说钟学姐不在这里，她又去哪里忙了呢……"江小川瞟了一眼戴着白色鸭舌帽、身材修长立在父母和教练身边的顾风。顾风听着大人们的谈话，时不时静默地点个头，更多的时候则垂着手握着电话，眼神不知道飘到哪里去了。

他看到钟荧的两条微信消息了，所以才这么果断地答应了去泳池庄园。

顾风低着头很平淡地笑了下，干脆不再关注手机好好地和好友们放松一下。

而钟荧看上去好像是坐在台阶上认真地看着他们复原庭院的植物，其实却在失神。

她想起在警局里被问到的那些话——

"之前从未发生过这样的事件？"

"最近有得罪过什么人吗？"

"昨晚除了你还有别的人在家里吗？"

"你知道他什么时候离开的吗？"

"会不会可能是针对昨晚你那个朋友的呢？当然，我们也只是提出多种假设。"

"我们会尽快调取小区监控，有发现第一时间通知你。"

是……针对顾风吗？

可是钟荧怎么也想不通，像他这样不爱说话又不多管闲事的男生怎么会得罪什么人呢？

女生掏出手机扫了眼时间，已经下午五点多了啊。她有些惆怅地望向远方，比赛也应该结束了，连师傅们都在做最后的修整工作了。

萤火虫：顺利吗？今晚还回学校吗？

女生又看了眼微信，这条消息也是半小时前发的，好像一整天的留言都还没有得到回复。

顾家那栋房子也是从早暗到了晚。

结了修理师傅的费用，钟荧便一直在客厅里独自呆坐着。

庭院是基本和之前差不多了，不留意也很难发现换了几盆盆栽。

木门和墙上的新漆也已经干了，还是会有一瞬间的恍惚，好像早上看到的景象都只是她的幻觉而已。

钟荧又打了几个电话给顾风可都没接通，她又换了个姿势躺在沙发上，犹豫了好一会儿才决定拨给顾妈妈。

顾妈妈倒是很快便接通了，那语气满是激动，还能听到她身旁水花迸溅的欢乐声。

"是荧荧呀？你是不是国庆放假回来啦？哎，你爸妈又出去度假了，我们很快就回来啊，你一个人在家别怕啊！"

女生在这头咬了下嘴唇："小风今天比赛还顺利吗？"

"很棒哦！和小屿一样都拿下了大师赛的亚军啊。哎呀，我这俩儿子都棒，荧荧你随意挑啊！"

"……"

钟荧听见这话，刚喝进去的水都紧张地咳了出来，耳根也跟着红起来："阿姨你说什么呢，那你们好好玩，我等你们回来。"

"哈哈哈哈哈哈，荧荧还害羞了，好好好，我们很快的啊。"

挂掉电话，原本仰躺在椅子上的顾妈妈瞅了眼泳池里的儿子，然后欢快地朝他招了招手。

顾风很快便游了过来，他抹了一把脸上的水，头发上的水珠在夕阳下显得晶莹剔透："怎么了？"

"荧荧回来了你知道吗？她在家等我们回去呢！"

男生把手肘搭在了泳池边，池水一晃一晃的，闪着刺眼的光，他有些不适应地揉了下眼睛。随后他淡漠地点了下头便准备游走，又被顾妈妈不满地叫了回来："人家荧荧在学校里怎么也多少关照着你吧，怎么这个态度？她父母不在家，我们也就要多多照顾她！"

闻言，顾风也有些烦躁，原本就压抑的心情好像在这一刻爆发了："我们又不可能一直照顾她。"

"好好好，既然你不想照顾她，我找小屿去啊！"

……

"妈。"

顾妈妈立马笑眯眯地转过身："哎，怎么啦宝贝儿子？"

"回去吧。"

"好嘞！酷酷的小风哥哥！"

"……"

5.

钟荧是在临近八点的时候，才听见外面隐隐传来说笑声。

她连忙跑到穿衣镜前慌张地整理了一下仪容，然后飞快地跑出了庭院。

庭院两边已经亮起了一排温暖的黄色灯光蔓延至很远，将女生微微飘起的发梢映衬得意外柔和，然后钟荧便抿着嘴看见江小川、周淮声他们也跟着来了。

顾风走在最边上，他今天穿着白色短袖白色短裤，又扣上了白色的鸭舌帽，无一不透露着干净清冽的少年感。

"小风恭喜你啊！"

女生的笑容十分动人，眼中也像是缀着星光亮闪闪的，是真心实意为他高兴。可看见钟荧走来，顾风清冷的目光毫无波动，点了下头算是回应她了，又很快别过头看向身边的江小川等人："到了。"

顾风自顾自地带着江小川和周淮声走进庭院，也没管院门口的

女生想不想跟进来。

和他擦肩而过的时候，钟荧只感觉到了一股清冷的风拂过面颊。

钟荧绞着手指，有些愣愣的，更多的是觉得血液好像也微微凉了下去。

顾妈妈原本在前面笑容满面地开门，忽然回头晒了一眼顾风："怎么不回答荧荧啊？"

顾风只好回了下头，但目光仍然没放在女生身上："谢谢。"

闻言，钟荧欣喜地抬了下头，想和他对视，才发觉他在看庭院角落的体育器材，又再次垂下了眼眸："没事。"

按理说夺得了亚军应该很高兴才对啊，而且最近的顾风心情似乎都不太好，是比赛压力太大的原因吗？那她就更应该乖一点了，别让他心烦。

顾妈妈叹了口气："快叫荧荧进来坐呀！"

男生的声音简单利落："进来。"

"是邀请不是命令哎！小风哥哥你今天怎么对荧荧这么冷漠呢？"

"我想起家里还有点事，我先回去啦！"

任谁也能看得出今天的气氛实在是尴尬，钟荧又安心地补充了一句："知道小风今天一切顺利就好啦。"看来自己家里被破坏的事，应该和他没有关系。

只是不知为何，明明知道他就是冷漠的性格，但内心还是一阵沉闷的钝痛。

顾风原本没那么火大的，听了最后一句话却忽然很不爽地皱了下眉头，这话就好像她有多关心他一样。

好歹要让他本人能真切感受到这样的关心。

"啊……钟小姐，您在这儿啊，我们调出了昨天晚上的监控，终于发现了几名可疑人员，您快来监控室看看认不认识！"

钟荧刚转身没走两步，迎面而来的安保人员便看到她了，满脸焦急，似乎也在自责昨晚的疏忽。

闻言，女生这才露出了些微笑意："这么快？谢谢你们啊。"

庭院里的几人都面面相觑地愣怔了几秒。

顾妈妈最先反应过来，神色一紧："荧荧出什么事了吗？"

然后再回头，原本冷酷到不行的顾风已经不在庭院里了。

九月末的夜晚静悄悄的，天空似泼了一层浓墨，缀着温柔的星星。钟荧原本是和安保并排走着，手腕却被人忽地从后拽住，那人的手心很烫，却干燥无汗。

她诧异地回过头，便见顾风正喘着气，两人的目光接触上了，男生漆黑的眸子竟然还有一瞬无地自容的躲闪。顾风只觉闷闷的，有些呼吸困难："昨晚出什么事了吗？"

两人正好是处于街道的阴影处，挨得也有些近，无形之中便能感受到对方温热的体温。而且男生的声音又是如此熟悉，钟荧低下头，这时候好像才觉得有点难过，又有一些委屈，喉咙跟着便滚烫得有些难以哽咽："已经没事了。"

不是没事，是已经过去了。

顾风一时便觉得有什么狠狠地遏住他的脖子，心情一阵一阵地往下坠。

"唉，这都怪我们……才让钟小姐的家里遭受了那样大的破坏！总之我们先去看监控，我们一定要把这种社会败类给抓出来！"安

保人员一身正气，为这事忙了一天，现在是越想越气。

"谢谢。"钟荧朝保安点了点头，正准备跟随他的步伐继续往前走，才意识到身旁的顾风没回去，而是和保安一样大步走在了她的前面。

最主要的是，钟荧有些耳根发烫，她低着头，眼睁睁看着走在前面的顾风顺着她的手腕直接向下滑，然后握住了她的手心……

她愣了一瞬，而后有些紧张地想要挣脱他的手，前面的男生反而握得更紧了。

旁边还有保安在，钟荧有些不好意思问出口为什么要牵她，只能低着头，火烧着脸静静地跟在他后面。

偏偏顾风又拉着她的手心往前微微搂了一下，她只能快步上前，直接和他并肩走着。心跳得好像更快了，还越发清晰，一声比一声更有力，还有被牵着的手，一动也不敢动，两人似乎更近了。钟荧咬着下嘴唇，坠着一颗乱跳的心，小声说出来了："可以松开了……"

"别拒绝我。"

几乎是未经大脑思考便说出来了。身旁的男生静默了一瞬，他早慧、自信又寡言，对一切事物都势在必得，却极少用如此毫无把握的目光看向她。

路灯下的女生仰着头看向他，她眼中盛着笑，就连她自己也没注意到，她其实多希望今天他能在她身边啊。钟荧还小心翼翼地晃了晃他的手，晃得他心都软了："谢谢你，顾风。"

第七章

"去做……可能会让你高兴的事。"

♥ Tian Mi Shang Xuan

1.

深夜静悄悄的，晚风已经沾上了些微浸人的湿气，偶有不知名的虫在庭院里低低地叫着。

钟荧觉得她这样穿着淡黄色的睡裙，抱着洗脸盆，洗脸盆里还放满了各种洗漱用具的样子，站在顾家门口，真是格外尴尬。偏偏她几乎是刚刚按下顾家的门铃，大门便被人打开了。

开门的是顾风，他已经换上了深蓝色锦缎睡衣，黑色的眸在寂静的夜里好像显得更加幽深了一些。他看见钟荧倾着身似乎想往客厅里瞅："他们已经回屋了。"

"那我也先去休息啦。"

钟荧这才稍微松了口气，楼下就只有她和顾风两人穿着睡衣单独相处着，自己也觉得脸颊在不知不觉地升温，手机却忽然响了起来。

钟荧低头一看，是妈妈的视频通话！

她下意识地回头看了一眼顾风，身后的大男生却用一副"怎么不接阿姨视频"的眼神看了她一下后，便淡定自若地往厨房的方向走去。

对啊……他们又没干什么亏心事，她紧张什么！而且还是顾阿姨一直邀请她今晚在这边休息，作案的人还没抓到，要是那人今晚又来搞破坏可怎么办。

钟荧点开了视频。

也不待她先开口，妈妈不管三七二十一便开始滔滔不绝了："荧荧我们很快就回来啦，千万别想我们哦……咦，你干吗穿这件睡裙呀？这不是你中学时期的吗？之前你不是觉得太卡通了显示不出你的好身材就一直想要扔吗……哇，不穿这个我还没察觉，一穿我才想起你好像从高二开始就没有再长高了哎……"

"妈妈你就是来和我说这个的吗？"

钟荧飞快地扫了眼确认顾风的确已经不在客厅了，才有些懊恼地坐在沙发上。她生气地把脸盆往桌上一搁："再不快点回来我就常住在顾阿姨这儿不回家了！"

闻言，妈妈很快便"咯咯"地笑了："还以为拿什么威胁我呢，你不回来我可以经常过来看你呀！不是喜欢小屿那小子吗，人小鬼大的，上幼儿园的时候满脑子就想着要和小屿一块儿睡午觉了，不和他邻着一张床你还哭呢……"

"我现在才没那么想呢……"

"……"

一杯牛奶却忽然被人从身后递来，顾风的声音也随之幽深而低哑地传来："喝了长高。"

闻言，钟荧蒙蒙地接过杯子，再回头看向他，男生已经转身上楼了。

这是……把所有对话都听到了吗？

"哎呀……你这对象换得有点快呀就像龙卷风……"

"妈妈，我真要挂电话了！"

虽然不是故意想要偷听她们之间的对话，但还是隐隐听见了阿姨的那句"这对象换得有点快呀"，昏暗的楼道口里，顾风低下头，忍不住微微扬了扬嘴角。

但在上楼推开好友的房门时，原本神色柔和的男生才逐渐收敛了笑意，转而成了锋利的表情："能查到张胜最近的行踪吗？"

江小川、周淮声两人原本在不亦乐乎地玩着手柄游戏，现在也不顾正在闯关，把手柄放到一边便不管了："居然是张胜？不就是输了几场比赛嘛，竟然私下恶意报复？监控里看到他了吗？"

顾风皱了下眉："只是背影还不能确定。"

当时他和钟荧去监控室的时候，安保人员指出了好几个行踪可疑的人。

"看这个，深夜1点零5分的黑衣男，之前从没见过他，但他倒是有门禁卡……"

"应该不是这个，那时候我还没离开。"

安保人员刚指了下屏幕里的人影，便听见身后传来了大男生沉寂的声音，安保人员还愣了愣："不好意思啊……您指的没离开，是还没离开钟小姐家的意思吗？"

"啊，这个是因为……"钟荧正欲解释。

记得当时他连眼皮都不抬一下便承认了："对，可以放下一个了。"

"噢，好的。"

再接着便是深夜3点左右出现的两个戴帽男，应该相当警惕，所以全程几乎都没能拍到面部，但最后3点42分出现的戴帽男背着一个黑包，应该更容易作案。更何况依据周边建筑和路灯的比较，最后的戴帽男是三位可疑人员中嫌疑度最高的。

大概猜到了对方是谁，他立即直白地告诉了钟荧："这人是冲我来的，你别担心，我会处理好的。"

想到这里，原本倚靠在房门边的顾风神色更加冷冽了，胸腔里也几乎满是难以抑制的一团团怒火。昨晚他一走就发生了这么可怕的事，而且他竟然直到今天傍晚才知道，如果对方当时破门而入……

全是因为自己，才让钟荧遇上这么可怕的事。

男生身材修长，壁灯落在他笔挺的肩线上，顾风垂着眸，额发扫下沉寂的阴影。他清清冷冷地笑着，周身都散发着令人压抑的戾气："最好不要是他。"

2.

或许是不用再担心自己的安危，钟荧睡了个好觉。在饭桌上和大家一起吃早餐时，她也一直笑盈盈的，但江小川不知为何，总是挤眉弄眼找她搭讪："人不可貌相呀，没想到荧荧姐胃口这么好，都吃掉两份全麦面包了！从小到大，我都没见过这么厉害的女孩儿！"

闻言，钟荧一不小心被噎住了，她慌忙又喝下两口牛奶才缓过劲来。

"……"可真不会聊天。

但不知天高地厚的江小川，似乎并不害怕身旁的顾风向他投来的冰冷眼风，他还想搭讪："荧荧姐你吃好了吗？"

"嗯……"

"那走吧，我带荧荧姐去个地方！"

"啊？"

江小川激动地起身绕过顾风将一脸茫然的钟荧从位置上邀起来。

在此之前，他可从来没有这样无视过顾风啊。

周淮声也赶紧离开了座位，临走前，还是不忘忐忑地跟仍在座位上安静用餐，但其实脸色早已阴云密布的顾风打了个招呼："小风哥，我们很快就回来。"

"嗯。"

水杯生硬地被放回餐桌上发出的清脆声响，也足以证明小风哥的心情已经是非常之不美好了。

周淮声心情复杂地追上前面两人，他把手搭在江小川的肩上："小风哥什么时候吃早餐花过这么久的时间啊，明明就是想多和……荧荧姐相处……"

江小川当然也早就注意到他们要抢走荧荧姐时，小风哥那相当冰冷的表情，可他咬了咬牙："可我们时间也来不及了啊，再说了我们这么做不也是为了小风哥嘛！"

钟荧在旁边听得愣头愣脑："所以你们到底要带我去哪儿呢？"

"买衣服和手花！"

"是这样的，鉴于小风哥的重要比赛荧荧姐你总是不给力无法到场，于是我们决定给荧荧姐录一段啦啦操或者加油操的短视频。这样以后你不到场也没关系了，我们会不断给小风哥重复播放加油操，直到他高兴为止……"

闻言，女生郁郁地吹了下额前的碎发，感觉备受打击："你们真是太不相信人啦，以后我肯定每场必到的！"

江小川却继续痞痞地看了眼她："那荧荧姐你拍还是不拍？"

"可以拍，但是……"

"好好好，这是我们给荧荧姐找的加油操视频，明晚八点，在您老的宅子里我们准时为您拍摄！"

加油操当然可以为小风拍，但是以后有小风的比赛，她都会尽力去支持的。

选好了服装，钟荧便开始加紧在家里练习，有时候在顾家饭还没吃几口，便说有事要先回家，却被一旁的顾风拉住了手腕。

男生今天正好穿了件黑色短袖，更显得瘦削清冷了。坐在位置上，他只需微微仰下头就能看见她白净姣好的面容。没记错的话，他今天就见了她两面，两面加起来都还不到半小时，那这样的休息日真是太没意思了。

"去做什么？"

虽然顾家父母有事都还没回来，但好歹拼命装作看风景的江小川、周淮声他们还在呀。

钟荧觉得被他握住的手腕在发烫，也不知道是顺着哪根神经，连带着心脏的位置也有些酥麻。而且小风的眼神怎么能这么黏人，但凡目光触上了，就像磁铁一般让她很难移得开视线……

女生心乱地抿了卜嘴唇，想要悄悄挣脱他的手："去做……可能会让你高兴的事……"

闻言，顾风的眼眸颤了一下，瞳孔有些微缩。他也不再直视她，而是把目光又转回丰盛的餐桌上，声音也有些哑："那就可以不管我现在的心情了？"

"噗——"江小川最终还是忍不住喷饭了，他忽然很懊恼他们为

什么要出现在这个餐桌上。

就算是当盘子里的红烧肉也比现在自在啊……

"好的,我管,那你现在开心点,等我回来有奖励,可以吗?"钟芡匆匆地留下这句话,便飞快地跑走了。

"原来小风哥都是靠哄的吗,哈哈哈!"等钟芡离开了,江小川才终于憋不住捧腹大笑,最后还万分佩服地向顾风竖起了大拇指,"还是小风哥厉害!"

顾风淡淡地看了他一眼:"你们让她做什么去了?"

江小川吊儿郎当地说:"人家不是都说了嘛,是让小风哥高兴的事,小风哥你千万不要急,心急是吃不了热豆腐的!"

顾风却忽然笑了下,他笑得清澈干净,很有少年感,还一副人畜无害的样子放下筷子:"晚点儿去对打吧,我手痒。"

"别别别!马上就是运动会了,小风大佬快给我留一条胳膊……"

回到家里,钟芡手机里轻快的背景音乐响了好几遍,她才再次融入了跳操中。

之前她满脑子都莫名回荡着"那就可以不管我现在的心情了",小风为什么会这么说呢,难道,她可以牵动他的情绪吗?

但是,钟芡很快便把这种想法抛到脑后了,天哪天哪,她怎么能对一个自己看着长大的弟弟抱有这样莫名其妙的想法呢?她对得起顾阿姨吗?

钟芡只能埋头练舞,第二天早上醒来,她也是尽量和江小川、周淮声他们待在一块儿。虽然时间尚早,但她也基本都学会了,也算是放松心情，就坐在江小川旁边和他们看了一会儿搞笑视频。

实在是太好玩了，钟荧一直乐呵呵地蜷缩在沙发上看着不想走。

江小川眼观六路，他看了眼顾风正在一旁安静地削苹果，看样子非常熟练，一圈一圈，快到底了皮儿还没断掉。他趁机悄悄问道："今晚走起？"

钟荧也悄悄地回复他："没问题！"

话音刚落，一个削好的苹果便被递到了她的眼前。

钟荧顺势抬头，便见顾风正低头看着她。

"哎哎哎，小风哥，有我们的吗？"江小川大呼。

"自己削。"

顾风的头发很黑，发质也是很合适的硬度，再加上一双极黑极亮的眼眸，因此总显得漠然而冷冽。也正是如此，他的温柔才显得更加珍贵。

看到钟荧望着他的目光有些失神又像带着迷惘的雾，顾风干脆心情很好地将苹果轻轻地移到了她的嘴边："要我喂？"

冰凉的苹果触碰到了女生的嘴唇，钟荧赶紧抿着嘴心虚地往后仰了一下："不是……我可能吃不完。"

闻言，顾风又转身拿起果盘里的瑞士军刀把苹果分成了一大一小两半，他单手把大的那一半推给钟荧。钟荧接过苹果，心猿意马地咬了一口，苹果的果肉和果汁一下在嘴里炸开，满是香甜的味道。她下意识地抬头，便见顾风很自然地一边吃起了手里剩下的一小半苹果，一边往外走去。

明明只是分吃了一个苹果而已，可钟荧的耳根竟然都微微烧了起来，最主要的是，她为什么还觉得这苹果越吃越甜呢……

"我回来了，我回来了，你们的屿哥回来了……"

顾风还未走出客厅，顾屿然便激动万分地迈着大步走进来了。

他穿着红色冲锋衣，看起来比之前更加锐气，也完全没料到家里会忽然冒出了这么多愣头青。

但他眼神多尖啊，就凭这屋子这么多人只有荧荧呆萌地啃着半个苹果，以及顾风刚刚送进嘴里的那么一小块，他挑着眉搭上了顾风的肩，小声地揶揄："进展突飞猛进啊！"

顾风这回很难得地没推开自家哥哥了，而是略带笑意地看向站在门外的姜明姗："彼此彼此。"

闻言，顾屿然表示十分不屑："哼，我们这儿一直都是循序渐进的好吗，你们比得了吗？"

"是吗？"他们两兄弟，因为一个准备出门，一个刚刚进门，顾风面朝着姜明姗，而顾屿然则在笑嘻嘻地朝大家打招呼，然后他便听见自家弟弟笑得笃定地微微张了张嘴，"那让喜欢的女生持续心动这一点，你可还要好好学习一下了。"

"顾风！"原本还在说悄悄话的势头瞬间被一句气急败坏的"我可真想掐死你啊"的吼声打断了。

在惹恼自家兄弟这方面，他们两人一直都是无师自通天赋异禀。

顾风镇定自若地拍开哥哥的手，淡淡地朝姜明姗笑了一下，邀她进门："欢迎。"

3.

现在，他们一群人正在兴致勃勃地向小区网球场走去。

按理说旅途劳顿的顾屿然应该是不会答应下了飞机，又立马来场比赛的，可这群人能聚到一起多难得啊，而且也真是搞不懂江小川怎么会有那么多点子。

江小川按捺住心中的亢奋，扭着身子靠近坐在沙发上休息的顾屿然，悄悄地说："屿哥，男女混合双打走一个不！"

闻言，顾屿然虽然微微挑了下眉，但仍然没说话。

江小川继续诱导："什么最酷的姿势只在心仪的女生面前表现啦，宇宙无敌的男女超强配合啦，危急时刻突显屿哥球技的扭转乾坤，逆风翻盘的崇拜感啦……"

顾屿然却相当不满地皱了下眉："在我这儿从来没有逆风局。"

"……"虽然两人性格千差万别，但顾家两兄弟与生俱来的骄傲倒是一致的。

"总之，屿哥来吗？"

"那就勉强陪他们玩一玩好了。"

钟荧原以为就他们几个体育生玩，没想到竟然是顾家兄弟、姜明姗以及她一起打双打！

所以在去网球场的路上，钟荧都在生无可恋地念着："完了完了，谁要是跟我一组就完了……"

姜明姗就在钟荧旁边，听到钟荧这么说，她一下子就乐了。她凑过来特别神秘地揽住了钟荧的肩："想看顾家兄弟的精彩失误合集吗？"

"嗯？"钟荧觉得惊讶极了，"我这辈子还能看得到吗？"毕竟他们可是从出生就强到现在的呀……

姜明姗笑起来特别明艳："就问你想不想看？"

钟荧缩着脖子看着走在前面的男生们，也终于忍不住兴奋的小

眼神了，止不住地朝姜明姗眨巴黑白分明的眼睛："超想！"

江小川作为比赛的裁判，他装得可正经了，临说话前还咳了一声："为了平衡实力，咱们就男女混合双打吧！"

"不要！"

"我觉得还行……"

顾屿然本来还想装作勉强配合的样子，没想到姜明姗第一个反对。又想到早上在门口撞见时，她说是来庆祝顾风夺得大师赛亚军的，丝毫没提到自己，顾屿然也冷笑了一声，淡淡开口："我觉得也不行。"

"普通的混合双打多没意思呀，这样，我和荧荧一组，你们兄弟俩一组……"

"不要。"

"不要。"

这次冷面弟弟和傲娇哥哥倒是意见统一了。

姜明姗却故意冷哼了一声："你们用不擅长的一只手打可不见得能赢得了我们呢，输了的一队沿着马路五十个蛙跳怎么样？"

闻言，顾屿然皱了下眉："用左手？"

"不行？"

"哼，"顾屿然轻笑了一下，"就没有我不行的。"

姜明姗又看向顾风："小风愿意吗？"

这次顾风倒是很快点了下头，左手让球确实就简单许多了。

"嗯哼！那就听裁判的准备开始了哈！哦，裁判，我再顺便追加一下惩罚的有趣度，在蛙跳过程中如果遇见行人要真的'呱'的一声叫出来哦，这样才是真的蛙跳嘛！"

"随你，快开始吧。"顾屿然已经开始活动筋骨了。

江小川想了想，还是努力想要捕捉到顾屿然的眼神，然后用唇语缓慢地说着："千万不要……"赢……

顾屿然却不耐烦地朝他摆了摆手："放心，我们不会输的。"

"……"

江小川懊恼地退到了一边，他很惆怅地看了一眼正在用相机录制的周淮声："难道屿哥没听过'傲娇一时爽，追妻火葬场'吗？"

"大概这就是传说中的——凭本事单身？"

4.

顾屿然是真的没练过左手，所以一开始发球就没有拿到分。两人交换前后位置擦肩而过时，顾风还相当不满地冷哼了一句："送分能别这么浮夸吗？"

他是真没练过啊，没想到顾风竟然还以为他是在故意送分才打得这么差？

也不知道顾风是真以为他会打左手，还是故意激怒他，顾屿然仍然感觉心里憋着一股气，压得他异常沉闷。虽然他现在还没有熟练的能力，但是——"发球都给我，不过是重新练而已，我还是王者。"

顾风没说什么，但还是把发球局都让给了顾屿然。

他不是没过界，就是打出了界线，第一局他们只拿到了一分。

但是顾屿然到底是顾屿然，第二局就能打出平和的稳定球了，一开始钟荧还只用在后面负责全程捧腹笑呢，现在也不得不在球场上跑前跑后了。

钟荧就像只无头苍蝇一样，因为一开始只需要姜明姗在网前发力就可以了，但是对手实在是进步太快了，钟荧很快便打得满头大

汗了，就更别说在网前用尽全力的姜明姗了。

而顾风和顾屿然那边倒是配合默契，一个在网前，一个在后面灵活地移动着。顾风用只有他们两人听到的声音微微张了张嘴："不要用力过大了，打一些钟荧能接到的球，她快没体力了。"

顾屿然也在前面轻微地喘着气："我已经压下很大力气了，话说你刚才差点打到姗姗的脸，注意点行不行？"

"那是失误，当时本来想缩小那发球的角度……"

"送分走点儿心可以吗？"

闻言，顾风忍不住抽了下嘴角："这话送给你最合适。"

很快，钟荧便轻松地接到了一个球，并且欣喜若狂地用尽全力打出了这个球，希望能为她们队拿下一分。

意外是突然发生的，网球刚刚迅疾地离开她的球拍，顾风、顾屿然他们那边的铁栅栏门却忽然被一个八九岁的男孩儿激动地推开了："屿神……"

奔跑进来的男孩儿太高兴了，以至于完全没注意到即将打到他的、飞速旋转的网球！

"小心啊——"

在钟荧吓得大脑空白的瞬间，顾风听见了身后的声响。

他回头扫了一眼，立马跨了两大步迈过去，俯下身，然后单手将小男孩迅速地抱到了一边。网球呼啸着擦过顾风的左肩，而后撞上了铁栅栏滚落到了地上。

一气呵成的动作做下来，顾风松开了抱住小男孩的手，他略微倾着身，双手撑在膝盖上，低着头，一时之间还很难恢复平缓的气息。

而小男孩仅仅是愣了一瞬，错愕地看了一眼刚刚救下他的顾风，便又一脸崇拜地跑向了顾屿然："啊啊啊，我真的见到真人了！你是我的偶像啊！原来偶像一直和我住在一个地方，四舍五入我们就是好朋友了！"说着，还异常激动地围着自家偶像跑起了圈！

而被围着转圈圈的顾屿然则一脸迷茫，无语地俯视着他。

还好男孩儿的母亲很快便赶来了，年轻妈妈一把揪住了还处于亢奋中的男孩儿："不好意思，他不知怎么忽然就跑进来了……啊，你是屿神？真的太幸运了，我们一家都是你的粉丝……啊，你们快继续。"可能也注意到了他们在比赛，年轻妈妈很快便收了口，羞涩地拉着儿子退到了边上。

和顾风擦肩而过的时候，年轻妈妈还没忘说一声感谢："刚才谢谢你啊小弟弟，哎，你也是国家队的吗，有点面生。"

顾风面无表情地用球拍敲了一下自己的左肩："不是。"

"哦……那你加油！有屿神这样的大靠山，你一定可以的。"

闻言，冷峻的男生很淡地笑了下，他朝边上退了两步，算是非常客气地让母子俩离开了球场。

"继续吗，继续吗？已经到了谁将变成青蛙的紧要关头了哎！"母子俩一走，江小川便迫不及待地开了口，但其实是为了缓和气氛。小风哥好心救了个小毛头，结果小毛头的一家子眼里都只有屿神。

顾屿然回头朝顾风笑了一下："喂喂喂，不会救了个小毛孩儿就拿不动球拍了吧？"

顾风握着球拍回到了刚才的位置："我怕你少了我，输太惨。"

比赛又继续开始了。

而且似乎一点也没受到刚才突发事件的影响。

因为这次顾家兄弟的花式送分已经表演得非常走心了。

眼看着关键一球就要飞出线了，硬生生地被后面的钟荧拼了老命接住了。

虽然接住了，但因为没把握好力度，球打到了网前，又弹回到了姜明姗的脚下，最后一分便归到了顾家兄弟那边……

顾屿然懊恼不已地扶住额头，那悔恨的模样简直就像他输了一样，他小声地抗议："我都说了最后一球直接不打过界多好！"

最后一球是顾风打回去的，他沉默地抿了下嘴："怪我，在上课的时候不该教她们不抛弃不放弃。"

"……"

江小川则是迫不及待地跑到他们身边，那模样已经不知是佩服还是难以言喻了："厉害啊哥哥们，还真让小嫂子们输了啊！很强势！话说，冒昧地问一句搓衣板准备好了吗？"

顾屿然已经准备陪跳五十个了，他无力地摆了摆手："别说了，说多了都是泪……"

钟荧觉得愧疚死了，她们两人一前一后出了网球场走到了小区的街道上。街道两旁坐落着整齐划一的别墅，别墅的庭院外还有一簇簇的绿化丛，不知名的淡淡花香夹杂在微风中。钟荧把手背在身后蹲在地上一跳一跳地凑近姜明姗："姗姗，我还是拖你后腿了……"

"没事儿，"姜明姗也跳一会儿休息一会儿，毕竟刚才已经消耗了太多体力，她回头瞅了一眼，便见顾屿然正准备别扭地蹲下，"干吗啊？快走开，我们愿赌服输。"

"我蹲在这儿休息你想什么呢？"

"……"

钟荧跳在前面，她回头看着拌嘴的两人，竟然还觉得有些美好。她之前为什么就傻傻地没看透顾屿然一直都喜欢着姜明姗呢？

话都放那儿了，顾屿然就只能怅然地在后面傻蹲着，其余三人倒是先后走在了她们前面。

"不是要边跳边叫吗？"顾风路过钟荧身边的时候，忽然冷不丁冒了一句话。

闻言，钟荧咬着下嘴唇，努力抬头看向他，发觉沉寂的大男生正认认真真地停在她的身边。男生太高了遮住了光线，金黄的阳光落在他黑色的发梢上，他的面部反倒隐在了阴影里，有些看不清神色。

女生抿了下嘴唇，竟然快速小声地"呱"了一声。

又"呱"了一下。

再次"呱"了一下。

连起来便是她心里想说的——你很棒。

与此同时，顾风也微微俯下身温柔地摸了一下她的头。男生清澈的眸就像是染上了一层朦胧的薄雾，深沉而迷惑。他看着她，用鼻音很轻微地"嗯"了一声，便又直起身朝前面走去了。

哎？

是听懂了吗，还是什么意思？

但是，头上的触感实在是太清晰了，以至于这一摸，倒让温暾的钟荧就像一只拧到头的发条忽然被松开了的旧玩具一样。顾风向前走后，她还埋着头拼命地向前跳，一点停顿一点休息也没有，一次性跳完了整整五十个蛙跳……

最后一个蛙跳结束后，钟荧几乎是虚脱到连喘气的力气都没有了。她满身是汗，再没有力气站起来，干脆盘腿坐在原地低着头不

停地擦着额头上的汗。

可刚坐下来没一会儿，一双红白色的球鞋便停在了她的眼前，在她甚至还没思考出是谁的时候，对方就着她这个盘腿的姿势将她抱了起来。

钟荧忽然被抱起来重心不稳，只能下意识地抓住男生的手臂，女生仰着头，眼神慌乱："顾风……"

"别在路中间坐着。"男生的声音低哑。

"哦。"

原来是因为这个才抱她的啊。

抱到路边，顾风便将她放下来了，但是刚才离得实在是太近了，以至于随着晃动她整张脸都挨着他的衣服，她的脸烫烫的，他的胸膛也意外地灼人。

"我知道了，我知道了……"

被放下来的钟荧咬着下唇，这理由明明很正经啊，她为何还是心慌慌的？此时，她还必须装作没事儿似的抿着嘴冲他盈盈笑着："就是刚比赛完还有点热。"

顾风就蹲在她身边，刚刚比赛完又做了蛙跳，显得她脸色更加红润。

女生浓密的长睫毛微微抖动着，似乎不知道该将眼神落在哪儿才合适。

他不舍得为难她，就只是低头笑了下，好像刚才的阴霾也在不知不觉中一扫而光了。

果然，网球和她，他都不可能放弃。

5.

之后的大半天，钟荧便跑回自家待着了，不是练练舞，便是躺在沙发上发呆。她失神地绞着手指偏着头看了眼落地窗外的天色，早已漆黑一片。

很快便到和江小川约定的时间了，钟荧还是按捺不住了，她飞快地噌地起身跑到了顾家。

庭院里静悄悄的没人，但是仰头一望，整个宅子已灯火通明。

她乖巧地走进大厅，顾妈妈正笑呵呵地在沙发上看综艺，另一边周淮声竟然在和顾爸爸下象棋。没见到想见的人，她又到二楼转了一圈，才发觉最边上的房间虽然虚掩着门，里面却十分热闹。

钟荧轻轻推开门，暖黄的房间内，视线便被顾风挺拔的背影遮住了。

在看什么呢？她也好奇地偏了下头，然后便和正在给姜明姗加油鼓气的江小川对视上了，顾屿然正在和姜明姗盘腿坐着玩手柄游戏。

眼看着江小川用一副"我懂了我立马溜出来"的神色看了她一眼，钟荧赶紧朝他拼命摇头，她不是来找他的呀。

她轻轻地戳了下顾风的背，男生用鼻音很轻声地"嗯"了一下，随后下意识地转身，便看到了一脸绯红的钟荧。

"你跟我来。

"要……跟远点儿。"钟荧看了他一眼，又低低地说了一声，便转身离开了。

顾风愣了一下，但还是很快就跟上前，快到楼下的时候，站在楼梯口看见女生走出大厅了，他才故作镇定地大步跟着一起出了门。

钟荧把顾风领到家里，见他在玄关处很慢地换着鞋像在思考什么，她赶紧笑盈盈地解释了一句："小风，你先在沙发上等我，我换套衣服就下来。"

"……"

换套衣服。

顾风原本就在琢磨他们两人要做什么，现在女生再这么一说，他整个人都怔了一下，只觉喉咙莫名地有些干痒，然后整个人都燥了起来。

他忍不住咳了一声，拘谨地走到沙发上坐着，正好茶几上的玻璃杯里还有些冰水，他拿起来一口便喝光了。坐了一会儿顾风还觉得有些渴，他又干脆起身到旁边接了点儿水，然后便听见了下楼的声音。

听着身后越来越近的脚步声，男生没回头，只是很努力地压抑着某种最原始的渴望，很慢很慢地提着水壶往杯里加水。

下一秒，身后忽然响起高昂的类似广播体操的音乐，顾风没防备，手一抖，水壶里的水便洒了一些在地上。

"……"他都在想些什么？

顾风心情复杂地放下水壶，刚刚转过身靠在桌沿边想看看钟荧到底要做什么，身后的大门又传来了"嘀嘀"的开门声，然后钟妈妈满身疲惫但仍然一脸感动地扑进来："荧荧，妈妈就知道你在家等我们呢……"

再接着，提着大大小小购物袋的钟爸爸也出现在了大厅门口。

淡定如顾风这次也免不了又晃了些水出来。

而穿着红白露脐啦啦操装，两手还拿着明晃晃手花的钟荧简直羞得整张脸都彻底红透了。

顾风还是很快反应过来，站直了身子，很礼貌地打了个招呼。

"小风还是这么酷哎！"钟妈妈温婉地朝顾风眯眼笑了笑，又走上前去拉钟荧的手，满足星星眼，"所以荧荧你是准备做什么呢？有没有打扰你们呀？"

钟荧咽了咽口水："小风拿了大师赛的亚军，我正准备给他跳个加油操……"

明明是自己家，女生却觉得没脸见人了。为了跳舞利落，她还把扎的双马尾盘成了个可爱减龄的丸子头……

"这主意好啊！"钟妈妈欣喜地把站在一边沉默不语的顾风拉到沙发上坐着，又仰头喊了一下，"钟哥你快下来，荧荧准备跳舞啦！"

一进门便一脸严肃但唯老婆马首是瞻的"钟哥"："马上！"

想要面子然而今晚看来是不得不跳的钟荧："……"

已经熊熊燃起了八卦之魂的钟妈妈说："小风你就坐中间，待会儿钟哥坐你旁边，荧荧毕竟是为你跳的，我们就蹭着看看好吗？"

"好……"

顾风觉得心力交瘁，原本和长辈打了招呼就想走的，但是看了眼今晚精致得就如橱窗娃娃的钟荧，他就知道自己走不了了。她化了妆，原本就白的肌肤显得更加水润透白，让他竟有一瞬想上前轻轻捏一捏的冲动，啦啦队衣服的剪裁也是恰到好处地展现出了她的身材，那一双细白的长腿晃得他几乎移不开眼。

钟爸爸很快就过来了，钟荧只好硬着头皮重放了一遍音乐。

前两秒是定格动作，钟荧轻呼了一口气，摆好动作，然后迷离地看向沙发中间冷峻的大男生，他也在沉沉地看着她。

　　跳完这支舞，他会为了她，稍微忘记下午的意外变得高兴一些吗？

　　一定要跳好，她想为他加油，为他付出的心，他一定要看到啊。

　　跳舞的钟荧笑得很好看，眼中流光溢彩缀满了星光，而且每一个动作都跳得利落又充满活力，手花在半空中明亮地晃着就像滑过的一簇簇流星。整个观看过程实在是太享受了，并且最后随着音乐的戛然而止，轻微喘着气的钟荧还忽然歪了下头，甜甜地向顾风wink（眨眼）了一下。

　　顾风接收到她的眼神，怔了一下，而后眸光变得幽深了一些，好像也更加清楚自己到底想要什么。

　　此刻暖黄的灯光也不及钟荧的笑容明亮。

　　钟父钟母显然也是意犹未尽，但很快回过神欣慰地拍起手来。

　　顾风也沉默不语地跟着鼓了一下掌，只是如果这场舞只有他和钟荧两人在的话，他应该又是另一番举动了。

　　也是在这一刻，男生才觉得自己的确是自私了点儿，她为他跳的舞，即使是她的父母，他也不愿意分享。

第八章

"你让她好好的，
我就不会让你失望。"

 Tian Mi Shang Xuan

1.

国庆假期后，回校的钟荧觉得自己变懒了，在家饭来张口惯了，现在下楼拿个外卖都觉得痛苦不已，但是没想到林丽比她还奇葩。

"什么？所以是因为你在家跳舞吓走了顾风，所以最近他都不给我们上选修课了？"电话那头的林丽感觉这回亏吃大了，原本以为就今天下午见不到小狼狗，现在看来下周也别想见到了。

钟荧原本就闷闷不乐，现在只觉更加苦涩："就在隔壁，你能不能走过来聊天？"

"对呀，就在隔壁，你也可以选择不接我电话过来找我呀。"

"……"

"到底是什么舞让小风这么吃不消，难道是……脱衣舞？"

"喂喂——"钟荧脸噌地红了起来，"可能快到运动会了他没时间来，别再问他的事了。"班上的女同学已经都来找她问过一遍了，那时候钟荧心里还隐隐有些不高兴，小孩子一个怎么就被这么多人惦记着？

闻言，林丽不知道看到了什么在那头笑个不停："行啊，那我问另外一个，你和陈远参加的那期节目预告出来了啊，30秒就有20秒是你和陈远抢着一起落水，哈哈哈，还上了热搜叫什么……'最害怕的便是忽然之间的心有灵犀'，我觉得电视台应该很快就要签走你们做主持搭档了。"

钟荧跳下床跑到阳台边蹲着，初秋的晚风夹着一丝湿气，以摧枯拉朽般的气势吹落了一地的树叶，刚下过雨，落叶都窸窸窣窣地黏在了地上。女生怅然地叹了口气："唉，有想过自己会红，但没想到会这么红。"

林丽在那边真是又气又想笑："行行行，快红到和太阳肩并肩！"

之后的几天钟荧上课都毫无生气，就连和室友约好的看电影K歌，也只是看完电影就想回去了。她想起那晚她刚跳完加油操，顾风便冷漠地起身说有事先离开了，那时候她心里一阵阵发凉，有什么事呀明明就是想回去继续看他们打游戏。

她垂着头看着手中的手花，男生果然对这种花里胡哨的跳操不感兴趣啊。

已过了黄昏的光景，又是周末，她刚在校门口下了公交车，便看到对面站牌下几乎都是在等开往市区班车的学生。他们热热闹闹的，有些是情侣，在公众场合似乎也毫不在意地拥抱着，看起来幸福极了。

忽然有人拍了下她的肩。

钟荧欣喜地回头，然后神色一下就沉下去了。

但是对面的男生显得格外焦急，样貌很年轻，应该也是A大的学生："是钟荧钟学姐吧？"

女生茫然地点了点头。

闻言，那男生说："我和顾风都是网球社的，顾风心情不好和几个朋友去酒吧喝酒了，现在醉得不省人事在酒吧闹事，学姐快和

我去拦一下吧！"

"闹事？为什么闹事？"钟荧听得心惊肉跳，他之后可是有比赛啊，她一下就慌了，只希望他没受什么伤，"在哪儿？快带我去啊！"

男生急忙拦下了一辆出租，又报了个地址，两人便往酒吧赶去。其间，男生又接了个电话，然后不停地说着"我们很快就来了"便挂掉电话神色复杂地看向钟荧："掐架拦下来了，但是顾风手臂受了伤，店主让赔一直不放人走。"

手臂竟然受伤了……钟荧只觉呼吸都变得难受了，心里一阵钝痛，但她只能忍着泪拼命点头："没事，我有钱我去给……"

司机师傅在某个路边停了下来，男生又带着她往更深的街道走去，很快便听到了前面隐隐传来了音乐声。钟荧看了眼光怪陆离的酒吧大门，全然没介意这是个多么乱的场子，便跟着一起进去了。

一走进去，酒吧内嘈杂的音乐便像是瞬间放大了无数倍，五光十色的灯光不停地晃着她的眼睛，还有一股她很不习惯的复杂味道。钟荧觉得头脑发麻，她只能加快步伐跟上，然后焦急地跟着那个男生进入了一个包间。

而寝室这边，拨过去的电话一直无人接通。

又察觉到回寝室的女生不停地看着他，特别是某个胆大的女生竟然还停在了他的身前，顾风又按下了重拨，顺便皱了下眉异常冷淡地看了那个女生一眼："别烦我。"

闻言，那女生愣了下，然后咬着唇仓皇地跑开了。

最近的练习增加了，是他向教练要求的，每天早出晚归，特别是微信里钟荧也一次都没找过他，他都不知道是怎么坚持到现在才来看她的。

身后却又有人靠近，还热络地被那人搭上了肩："不是找了我很多天吗，我还以为你这个时候最想见到的会是我啊。"

是张胜。

顾风阴冷地推开搭在自己肩上的手，大男生连眼皮也不抬一下："手伤好了吗？又来找虐？"

张胜见他要走，语气仍然是悠悠的，还朝路过的女生吹了个口哨："你要是能打通钟荧的电话我倒立着走。"

果然，顾风的脚步停了两秒，然后便回头用手肘狠狠地将张胜抵在了树干上。男生微眯了下眼，他的眼眸本就狭长，现在的神色就更显阴冷了，他把声音压得很低："破坏她家的也是你？"

张胜无耻地笑了笑："我还想闯进去呢，但是门太高级了，没办法。"

静默了一瞬，顾风却垂着眼冷笑了下，忽然觉得碰他简直脏了自己的手。他松开张胜，侧过身伸手在自己裤兜里烦躁地摸了一圈，他不抽烟，所以只有薄荷糖可以嚼，他塞了一颗在嘴里："你要什么，我的胳膊？左还是右？"

张胜原以为顾风会狠揍他一顿，然后他再趁顾风出手的时候，好心提醒顾风一下钟荧的安危，没想到顾风竟然还能沉住气吃糖！

张胜忽然便怒了，他今天就是要看顾风示弱的样子！

"你真以为我不敢动……"

顾风咬碎糖，垂眸冷笑了下，忽然利落伸手钩住了他的脖子，迫使他难受地埋下头。

强壮的张胜气急败坏地挣脱了下，没挣脱开，愤怒的双眼瞪得就更大了。顾风仍然牢牢揽着他，微微侧头看他，缓慢又冰冷的声

音儿乎是从齿缝里漏出来的："张胜，你男人一点，你让她好好的，我不会让你失望。"

2.

钟荧进入包间的第一反应便是完了。

特别是一直握在手中的电话还猛然被人抽走，刚才表现焦急的男生一下就换上了吊儿郎当的表情："兄弟们，没想到老大让我骗来的女生有钱又有身材哦，千万不要错过。"

闻言，沙发上的男人们笑得更是张狂，纷纷朝她投来色眯眯打量身材的目光，笑容更加油腻了。

骗她来的男生却忽然将钟荧推到了房间中央，坐在最中间的男人觉得这是机会，赶紧起身将她拉到了自己身边坐下："来都来了不好好陪我们玩玩吗？反正都是要陪的，还是给兄弟们笑一个，说不定我们会手下留情哦。"说着，他还忍不住捏了下女生细嫩的脸蛋，"哎呀，这是我喜欢的款啊！"

钟荧只觉一阵恶心，她拼命低着头，柔顺的发丝也垂了下来倒更加让人觉得楚楚可怜，心中升腾起了一把按捺不住的怒火。

眼看着坐在旁边的男人也想要朝钟荧靠近，钟荧害怕地咽了下口水，情急之下连忙拿起桌上的酒杯，也不知道是什么酒就猛地一口喝了下去。还好口感并不烈，只是一般的啤酒，她又连忙拿起另外一小杯，她努力让自己笑得不要太僵硬，但心跳早已"怦怦怦"不成样子了，微弱暧昧的光线里也应该没人注意到她不停颤抖的手。

"我陪你们喝酒。"

没承想这正好激起了他们的兴趣，好不容易来了个傻妹子竟然愿意陪酒啊，那醉了不是更好办事吗？

好像越来越兴奋了啊。

被扔在包间角落里的手机屏幕亮了又暗，暗了又亮，钟荚很努力地想要瞄到到底是谁，可是太远了，只能隐约看到是三个字的名字。

那就肯定不是顾风了。

而他们接连敬酒，钟荚几乎是没停过，一杯接一杯下肚。

她还特意去找带她进来的那个男生，她装作毫不在意地问："帅哥，你也认识顾风吗？"

"顾风是谁啊？来来来，喝！"

"那为什么要带我来这儿？"钟荚媚眼一抛，"是不是你们老大看上我啦？"

那人喝高兴了，美女找他搭讪自然是乐意回答："美女啊，老大就是让我带你来陪我们玩的。"

"那今晚玩开心哦！"

钟荚很配合，敬酒时也是笑意盈盈，从不主动靠近房门，他们没什么警惕。

钟荚装作要去包间里的卫生间补妆，昏暗的光线下，钟荚趁机拿走了沙发边上的手机。

进了卫生间钟荚便赶紧锁门，她才注意到顾风一连给她打了好几个电话，钟荚赶紧找到顾风的微信。

萤火虫：顾风你别管我，我没事。

萤火虫：真的没事啦。

然后又颤抖着关掉会话框，她急得不停地往下翻，才找到了江小川的微信，江小川和周淮声也一直在找她，给她打电话。

萤火虫：小川，我在"一点"酒吧……房号我忘了，总之你们快来，拜托拜托！

钟荧根本不敢多待，不到两分钟，便一脸绯红地从卫生间出来，又悄悄将手机放回原处。

她一边喝还一边偷偷观察谁的酒量好，她便不停地敬那个人，其他人看到了自然不满，也不停地给酒量好的灌酒想着先灌倒一个也就少了一个跟他们抢。

钟荧胃里难受得火辣辣的，她终于喝趴下了两个男人。

她满脸通红，好看的眼眸一闪一闪的，大家都在缓神的空隙，她脑袋一晃一晃地看着他们。

还有三个人啊，只要……快点灌醉他们就好了。

钟荧虽然酒量好，但喝多了就会莫名高兴，她竟然开始直接对瓶吹，几个男人也头脑不清醒地不停拍手叫好。

果然喝醉了就大家一家亲。

女生笑得更迷糊了，大家都这么高兴啊！

那她……那她也干脆撑着沙发，然后高兴地跳到桌上站着："谢谢，谢谢大家的鼓掌。"

站上桌的女生晃着酒瓶，觉得兴致正好，忽然还很想跳起加油操。

然后，包间门便被人猛然打开了。

下了车就一路跑过来了，还在努力恢复气息不停喘着粗气的顾风便看见女生笑嘻嘻地站在桌上。桌上堆放着七七八八的酒杯，地上也散落着乱七八糟的空酒瓶，几个男人懒懒散散地靠在沙发上。

"你……你谁啊？"看见忽然有人闯进来，坐边上的男人想站起来，可路都走不稳。

在此之前，顾风紧张地想过无数种推开门后的景象，狠狠暗骂了自己无数遍，都是他让钟荧一次又一次地陷入危险中，却没有一种是像现在这么意外的画面。

顾风穿着轻薄的带帽黑色外套，个子又高，长手长脚的，丝毫没理会旁边的醉鬼。

他一人来的，让小川先去办别的事了。

顾风一步一步走近酒桌，心一直是慌的，皱巴巴的，就像被碾压过。就算此刻看到她安全，一直紧绷的神经放松了一些，但也麻木得脑仁疼了，他从没这么手足无措地害怕过。

顾风哑着声音，微微仰了下头，朝她招手："下来。"

钟荧听见声响，踉跄着转身，晃着脑袋低下头寻找着说话的人，然后就忍不住笑了。

这就是最近她一直想见到的人啊。

"好啊。"

女生笑起来格外清甜，真诚而单纯，似乎能融化一切冰雪。

钟荧眼眸亮闪闪地走到桌沿边，然后朝他轻盈地跳下去。

顾风伸手抱住，扑面而来的都是她的气息，她的触觉，仿佛每一个感官都在这个时刻变得满足了，男生接住她，温柔地让她落地。

3.

钟荧在出租车上没坐一会儿就觉得无聊了，外面刚下过雨，车窗上的雨滴滑落得很快，让她觉得车窗外的建筑都模糊成了大小不一的色块。她回头看向顾风，顾风正低头在看手机导航，她口齿含糊地问着："你要带我去哪儿呀？"

女生凑过去，两人挨得很近，她想看清手机里的内容，以至于就埋在男生的胸前，完全挡住了他的视线。折腾了一晚，她的头发有点燥，但仍然香香的，还痒痒地擦着他的脸。

顾风抿着嘴，任由她在自己的手机屏幕上戳了又戳："去今晚住的地方。"

这个点寝室早就关门了。

但他并没解释，她醉成这样，哪还有什么逻辑思维可言。

"哦。"钟荧感觉自己的眼皮很重，她抬了抬头，又乖乖地移到了后座的左边，面对车窗，也就是背对着顾风，疲惫地靠在了后座上，"可我现在就困了。"

女生移走了，顾风才发现她竟然还有神志打开他的微信，并且找到"萤火虫"，点开了她自己的会话框，也当然好找，毕竟他设置成了聊天置顶。

她还用他的账号给她自己回了好几个表情包。

Feng：［微笑］

Feng：［撇嘴］

Feng：［色］

是微信自带的前三个表情包，没一个是他平时会用到的，只是最后停留在了两眼冒桃心并且还流着口水的表情包，顾风愣了一瞬，还是忍不住笑了起来。

他侧了下头，看见钟荧离他远远地缩成了一团。男生微眯了眯眼，醉了也能和其他人保持距离，他不知道该高兴还是失望。

"睡吧。"

"那你抱不动我也不要把我扔下哦。"

"嗯?"

原本以为侧过身的女生已经睡着了，没想到还在喃喃地接话。可听到"抱不动"时，顾风还是怔了一下，有些惊愕，一时间不知道该怎么回答，难道她知道什么了?

窗口灌进来的晚风特别凉，闭着眼的钟荧觉得这个夜晚真是太好睡了，一分钟后说不定她就睡着了。

"你小时候说的呀，说抱不动我嘛。"

闻言，顾风忍不住咳了一声，他平时在她面前出的风头还不够多吗，怎么在她印象中，他还是那个又瘦又长不高的小毛孩?

大男生的语气不经意间便透着几分急躁："我长大了。"

这回忍不住笑的是司机师傅了，意识到自己没憋住，司机师傅觉得很不好意思："这个……小孩儿你也别急，你还能长呢。"

"……"

出租车在一个小区门口停下，顾风虽然右手不方便，但还是小心翼翼地将她打横抱了出来。凌晨的夜里气温又低了几度，秋风阵阵，刚下过雨的地面被路灯照得泛起了昏黄的微光。

江小川早在小区门口等着了，见顾风抱着钟荧过来，他赶紧拜托门卫开一下门，原本门卫就有些不乐意了，没承想这个愣头青又说话了："哎，那个九栋我记得就是一直走然后左拐最里面那栋是吧?"

门卫诧异地看了他一眼，又打量了一眼愣头青身后抱着一个女孩儿的大男生，这深更半夜两男一女的："你们是这里的住户吗?这女孩儿你们认识吗?她愿意跟你们回去吗?"

哪知被抱在怀里的女生眼都不睁还萌萌地傻笑出来了："我乐

意呀。"

江小川被吓了一跳："哎呀我的妈，荧荧姐这是还没睡熟啊！"

"……"

就连顾风都拿时不时就冒出一句话的钟荧毫无办法。

门卫放行了，江小川连忙走在前面带路，他一边输入密码，一边打开房门："这是我表姐的房子，她出国留学了，本来收拾出来打算出租的。"

是一套两室的房子，江小川开了灯，带他们到了主卧："荧荧姐今晚就睡这儿吧，小风你就睡旁边的房间。"

顾风的右手僵得几乎快无法动弹了，他坐在床边，温柔地将钟荧放在床上，女生乌黑的头发散在了一边，让人的思绪都变得细腻了起来。也是这时候，他才注意到自己的外套衣角一直被她攥在了手心里："今晚你陪她。"

"啊？小风……你这是什么意思啊？"这话听起来怪里怪气的，江小川连深入琢磨的心思都不敢有……

顾风想掰开她的手心，可熟睡中的女生表情立马就变得委屈了。

好好好……他立马松开手，只好又在床边多坐一会儿："我马上要走，麻烦你了。"

"啊，没事没事，小风你的事就是我的事啦……"

但是，江小川还是觉得搞不懂，傍晚的时候忽然收到短信让他们帮忙找荧荧姐，好不容易收到了荧荧姐的微信，小风又是最先赶到酒吧的那一个。

顾风扫了眼房间，才看到开关在对面的墙上："关一下灯。"

"哦，好，关灯关灯。"江小川回过神，立马按下了开关，然后带上门出去了。

房间一下就黑了。

顾风适应了好一会儿，才看清翻了个身的钟荧跑哪儿去了，但即使翻了身，她的手也没松开他的衣角。

他的右手不好动弹，钟荧又抓着他的衣角，行动更是受限，男生费了好一会儿的时间才把黑色外套脱了下来，然后盖在了女生的身上。

月色漏进来，能看到她一呼一吸之间微微抖动的睫毛。

顾风原本很想捏一下她的脸蛋，但最后还是忍住了。

"我是不是还是拖累你了……"

顾风都要起身离开了，熟睡的女生竟然又冒出了一句话，可这次的语气明显消沉了，像是忍了很久带着一股心酸的鼻音。他怔了半晌，也不敢看她是不是在哭，只能克制住情绪，佯装随意地低头笑了出来："所以学姐一直没睡着，但又让我抱着吃我豆腐吗？"

"……"

还好是在黑暗中，看不见他临走前逐渐垂下来的眼眸。

"好梦……"

4.

顾风独自一人去了医院，深夜一点的光景，急诊室前还排着两三位穿着睡衣就跑来的患者。男生很不喜欢医院的味道，小时候动不动就半夜发烧不知道被送进来过多少次。他在等拍片结果。

在此期间，顾风又看了眼一动就很痛的右手手臂，刚受伤的时候还看不出来，现在手臂上已经有了三处瘀肿。

看来要穿好一阵子的长袖了。

那时候张胜把他带到了一个已经荒废的体育室，学校重新修建了更大的体育室，现在这间体育室里只剩下放器具的架子，和一些堆在角落烂透了的羽毛球拍、篮球什么的了。

进来的时候，张胜的几个在校外的社会小跟班早就等在了里面，看来今晚是势在必得。

可是张胜一个眼神，旁边的男生便再次嬉皮笑脸地抢走了顾风手中的棒球棒。

张胜看向顾风，显得异常惊讶："这么快就决定了？打假球和伤一只胳膊，在校运会打假球多简……"

"快点。"其实那时候包里的手机就已经连续振动了两下，现在想来应该正好是钟荧给他发微信的时候。

顾风再次打断了张胜，他当时满脑子都是钟荧的安危："要动手就快点。"

话音刚落，顾风的右臂便猛然受了一记闷棒，他一个踉跄便撞在了旁边的架子上好一会儿没回过神来。

医生仔细地看着片子上的骨骼，顾风却一直出神地盯着地面，手掌攥紧了又松开，松开了又攥紧，如此反复。有好长一段时间他像是听不进任何声音也不想听见任何声音，他感觉自己整个人都坠入了谷底，他已经做了最坏的打算。

一定会错过开年的澳网，以及明年夏季的美网。

他需要练好左手从头再来。

医生忽然放下片子："还好骨骼没有问题，上臂外伤。记住，

48 小时以内冷敷，48 小时后热敷。吃点布洛芬缓释片和三七伤胶囊，最近右臂不要做大幅度运动。"

闻言，顾风愣了一瞬，结果来得太意外，而且几乎是最好的预想了，好半晌他才低着头如释重负地笑了出来，身体微微抖动着。

钟荧醒来的时候已近中午，她头昏脑涨，嗓子也渴得厉害，在床上呆坐了好一会儿才回过神来。

她看了眼搭在腿上、手里还一直攥着的黑色外套，努力沉思了好一会儿，但怎么也回想不起昨晚顾风把她带出酒吧之后到底发生了什么。最后她决定不再为难自己的脑子，反正肯定是喝高兴了，也睡好了。

钟荧套上顾风的外套出了卧室，然后便和一直待在客厅的江小川四目相对。

"哎？我睡在你家吗？"

一直在沙发上局促地坐着的江小川一下子噌地跳了起来："不是不是，这是我表姐的房子，总之小风昨晚让我照顾你，我怕你渴了又不好意思进你房间，荧荧姐你看……蜂蜜水、绿茶、温水，噢，对了我在网上查了下，要想尽快醒酒，听说喝一口昨晚喝过的酒也能很快回神，我又下楼给你买了一瓶啤酒……"

钟荧被他这么慌张的模样逗笑了，她坐到沙发上，很快便把那杯温开水喝光了，然后心情很好地去洗漱了："小川你别担心，我酒量很好的。"

"哦……"江小川为这俩人担心了一晚上，反倒把自己熬出了青色的黑眼圈，"女生所谓的酒量一般也就是两瓶啤酒咯？"

她爸爸可是有个"酒庄"啊，江小川也太瞧不起人了，钟荧在卫生间里给他比了个"四"。

"才四瓶啤酒啊？"

钟荧神秘兮兮地靠近他："昨晚我喝翻了四个大男人哦，否则去酒吧走一遭，我怎么可能一点事儿都没有？"

闻言，江小川彻底蒙了："四个人？不是，荧姐你这么牛啊？"

钟荧一边将头发扎成马尾，一边朝他乐呵呵地笑了："荧姐我就这么点爱好啦。"

在回学校的路上，钟荧才看到了顾风给她回的三个表情包，女生不禁有些唏嘘，难道昨晚顾风也喝高兴了吗？

但她还是决定礼貌而矜持地回他一个表情包。

萤火虫：[握手]

Feng：学姐别误会，这是你昨晚喝醉了，拿我手机给你自己发的。

忽然女生的手机"啪"的一声落在了车上，她又赶紧低头捡起来。

于是钟荧一连好几天都没再和顾风聊过微信。

5.

回到学校的当天晚上，也就是周六晚上，钟荧和陈远一同录制的综艺节目就播出了，反响出乎意料的好。节目在十点多播出结束，虽然知道看自己的节目会浑身不自在，但她没想到她快被弹进水里时，那夸张的表情完全可以截下来做很多个"我很怕，所以我都表现在脸上了"的表情包了……

电视台负责人快到深夜还给钟荧打了个电话，大意是下个月便准备让他们两人趁势出一档搭档主持的节目。近期就可以来电视台盖章把学校的实习手续办齐了，顺带了解一下录制情况。

钟荧按捺住激动，在这头止不住地点头感谢。

似乎一切都步入了正轨。

和陈远一同去电视台办理手续的时候，已是十月底，大多时候都是云层很厚的阴凉天，不是乌云，所以天色是一大片一大片厚重的白。秋风清爽，出电视台的时候，钟荧还心满意足地缩了缩脖子，女生的头发被风吹到了眼前遮住了视线，陈远看她这模样，不禁觉得有些好笑："也别怪台里的人会误会我们是真情侣，我看了也觉得像。"

下楼前，还真有个栏目编导姐姐一脸八卦地看向他们："这么明显啊，虽然我们是禁止恋爱，但一般情况台里会支持荧屏情侣，可你们对单身狗也太不友好啦。"

记得当时陈远朝编导姐姐好心情地挑了下眉："OK，下回我们克制点儿。"

钟荧简直纳闷极了："哪里像啦？"

陈远毫不掩饰地在她上半身扫了一眼："穿的哪个男人的外套，长到大腿都快遮了一大半。"

钟荧有些心虚地将黑色休闲外套的拉链拉上："你管我。"

陈远双手插兜往前走，语气淡淡的，神色里没有一丝光彩："是呀，我管不着，反正她们肯定是以为你穿的是我的就是了。"

"要是你的衣服肯定连大腿都遮不到好吗？"

坐上出租车的陈远却忽然笑眯眯地开始脱外套："我脱给你试试……"

钟荧觉得最近陈远肯定是太久没交女朋友了，连她也不放过："我

饿了,不想和你说话。"

陈远看向窗外:"那你要请我吃什么?"

闻言,钟荧原本是一副看斯文败类的眼神在看陈远,却不知道想到了什么,忽然对他笑了:"我请你吃食堂!"

"钟荧你真是说得出口啊?"

"不吃拉倒。"

"不吃白不吃。"

一上午都在台里办手续,回到学校正好是饭点,原本以两人挑三拣四的脾性应该是等过了饭点再去食堂的,但是钟荧确实饿极了。

食堂里闹哄哄的,弥漫着令人口舌生津的香味,每一个窗口都有人,两人统一意见买个份鸡排饭,便端着餐盘找了个座位开始闷头扒拉米饭。

填了点肚子,陈远才感慨万千地看着餐盘:"也是,等我红了,哪还有时间吃食堂啊。"说着,还趁机夹走了钟荧餐盘里的一块鸡排。

"……"

钟荧嘴里还包着饭,只能一个劲儿默默劝说自己,忍了忍了。

忽然,前面第三排坐着的男生拿起餐盘,朝素菜窗口走过去。他身形修长,一身黑衣黑裤更衬得他干净利落,就连低头看菜的侧脸,都像是一塑希腊神话人物的观赏品。

钟荧盯着他的身影,第一次知道心跳加快,血液倒流,全身每一个细胞都在为一个人牵肠挂肚是什么样的感觉。

她想见到他。

而且并不是见一面就能够了事的想念。

但也正是顾风的离座，钟荧才看清了他对面坐的是谁。

是一个很好看的短发女生啊。

她又咬着下唇，下意识地朝那张桌子的四周心慌慌地望去。

为什么，江小川和周淮声会离顾风和短发女生足足横向隔了两排桌子？明明是四人桌，他们为什么不一起吃饭？

顾风很快就回到了刚才的座位，钟荧赶紧埋下头不停地扒拉着米饭。

好难过啊，钟荧觉得她的心皱巴巴的。

"不理我？"对面的男生忽然敲了下桌面，他刚接到一个电话，"我要先走了。"

闻言，女生仍然低着头看着一粒一粒的米饭猛点头。

见状，陈远有些不爽地咂了一下嘴，难得陪她吃饭，她眼中还真的就只有米饭了哦？

钟荧不想让他看到自己不对劲的神色，又立马埋头补充了一句："恭送大爷。"

"……"

陈远立马就乐了，他站起身，拿着装有资料的文件夹轻拍了下女生的脑袋："好嘞，陈爷给你挣钱花啊。"

其实钟荧的餐盘里没剩什么了，她温温吞吞地等到了顾风两人离开之后，眼看着江小川他们也吃完了，钟荧坠着一颗心神不宁的心赶紧端着餐盘跑到江小川他们那儿坐着。

江小川晃了一眼是大长腿啊，然后乐呵呵地朝刚刚坐到他对面的女生看去："嗨，美……荧荧姐？"

钟荧努力让自己看起来很自然："怎么不和顾风一起吃饭呢？"

话音刚落，周淮声便冷冷放下了筷子："是他不愿意和我们一起。"

"为什么呢？"

"我们还想知道为什么呢。"江小川也惆怅地扔下筷子仰靠在座椅上，"周四周五就是校运会了，荧荧姐你知道吗？屿神和郑教都会来啊，因为Ａ大有很多种子选手！也是奇怪了，之前作妖的张胜竟然莫名其妙地退学了，我本来还想趁机让小风给我集训一下，拿个好名次，结果小风现在天天和林白水一起练习男女混合双打！两人从早练到晚，是真的强强联手，雌雄双煞……啊，不是，荧荧姐你也别误会，白水一入校就向小风告白了，小风当即就拒绝她了！要是想在一起两人早就交往了对不对？"

江小川感觉放在桌下的脚被人狠狠地踢了一下，然而他还只能保持微笑，真尴尬啊，荧荧姐和周淮声都坐他对面，到底是谁踹的他啊……

第九章

"别哭，不然就想吻你了。"

1.

校运会当天，从早晨六点操场上便已经热闹起来了，比赛从早上八点正式开始。网球这边的比赛顺序是双打、混双接着再是单打。一共四个网球场，同时进行比赛，顾风和林白水是混双 3 组，算下来最快也要 9 点开始比赛。

顾风从早上六点半出了食堂，便一个人找了个僻静的地方对着墙练习发球。他正好处在绿荫下面，天气清爽，持续练了很久，额头上也只出了一层薄汗。网球不停地来回撞击着墙面，几乎都落在同一个位置，只有手酸的时候，他才会停下来休息一下。

八点的时候，就连他练球的这个地方路过的学生也变得多了起来，就更不用说操场那边的情况了。

顾风干脆停下练习，在自动贩卖机买了瓶苏打水便向网球场走去。

四个网球场两两相连，中间隔了个休息亭，休息亭里坐着的一般是下场即将比赛的选手和老师，其余观赛人员几乎都兴致勃勃地围拢在了绿色球网的外面。

只是远远看到网球场，便已经能听到从那边传来的呼喊加油声了，身后还不断有学生三三两两从他身边跑过，犹豫着到底是看哪一边的才好。

顾风刚刚走过一长排的洗手池，便见江小川和周淮声两人正好洗了把脸也要往球场走。

二人都愣了愣，好像最近除了早晚打个照面，他们连话都很少说了。

江小川和周淮声两人都还穿着蓝白色的网球社社服，顾风今天却穿了件白色主打，两边袖子是黑色的短袖。虽然是短袖，但是衣袖也已经快遮住了手肘。

江小川看他这身打扮，不知怎的，忽然就有种被抛弃的感觉，毕竟一开始可是顾风说的"社服穿起来就挺好"。但对方毕竟是他崇拜已久的顾风，江小川觉得喉咙有些难受，但还是朝他点了下头："比赛加油，我应该看不了你的比赛了。"

顾风抿着嘴点点头："我知道，同时进行，你也加油，淮声你陪他就好。"

顾风是知道的，混双就4个组，江小川是单打1号，周淮声是单打23号，他和林白水的混双应该是和江小川的单打在两个不同的球场同时进行。

闻言，江小川的眼眸里多少还是又亮了起来，但很快便被一直沉默不语的周淮声拽走了。

江小川走着走着还有点不乐意，他悄悄地说："干吗啊，他都知道我们的，他还是把我们当兄弟的好吗！"

"是兄弟就什么都自己扛，人家还是把你当外人啊。"但是，周淮声说话就没压低声音了，又或者是故意说给顾风听的。

顾风走在后面，垂了下眼眸。

　　顾风走过去的时候，双打1组、2组的比赛已经结束，混双的1组、2组正好上场。

　　林白水正四处张望着，终于看到顾风了，忙拉着他到2号球场的小组裁判那边报到："混双3组到啦到啦。"顿了顿，又回头朝他明媚地一笑，"你可真会掐时间啊。"

　　顾风朝她淡淡地点了下头，然后又看向已经在进行的混双比赛。他本来还想在场外多看一会儿，林白水又拽着他往2号球场走："快别看啦，要开始我们的战斗啦。"

　　2号球场外也早已聚集了很多看比赛的学生，似乎是终于等到想看的人，场外的女生们明显激动起来。

　　但是看着小狼狗竟然被一个女生拽着走，似乎都能听见女生们齐刷刷心碎的声音。

　　这边的双打已经结束，选手们到中间的休息亭歇息去了。

　　快踏进球场的时候，顾风忽然问了句："你原本是想参加单打比赛的对不对？"

　　如果不是被她无意发现了伤口的话。

　　林白水怔了一下，很快脸上便多出了一抹红晕："现在这样更好啦。"

　　他们两人去休息亭准备取出球拍，顾风这才看到顾屿然和国家队教练郑教都已经坐在长椅上有一会儿了。男生礼貌地朝郑教打了个招呼，然后又神色清冽地看了一眼自家哥哥，便上场了，好像并不关心钟荧是否在休息亭里。

　　见状，顾屿然感觉到了赤裸裸地被无视，他气得牙痒痒："啧……这小子就是欠！好好的单打不打，来玩混双！"

郑教好笑地摇了一下头："放心，有人替你收拾他。"

最早得知顾风打混双，郑教觉得他简直是在玩花样。

混双需要高默契的配合，打不好两个人的个人技术都无法发挥，完全被对方牵着鼻子走。好啊好啊，他难得来看一下这小子的比赛，郑教当即便打电话给Ａ大主教："我不管你们最开始是抽签还是什么，反正初赛就派你们的黄金混双对打混双3组，那小子真当老子给的机会如粪土吗？"

2.

混双3组和4组都准备就绪了。

先是3组的发球局，林白水站在左边的网前，顾风则在右后方。

郑教却忽然皱了下眉，资料没有出错，上个月的青年大师赛顾风明明还是全程用右手接发："他左右手都可以？"

顾屿然也觉得奇怪："我不知道啊。"

郑教抖了下腿，冷哼了一声："你有什么用。"

"……"

比赛正式开始了，果然是最期待的一场比赛，一开场便充满火药味。林白水在前方网前攻势迅猛，甚至还很快就找到了一个截击球的机会，她需要保护边区，又得时不时地兼顾中间。

但很明显，第一个快速而有力的截击球竟然轻松地落在了对方的网球拍上！

那网球拍还不如说，就在等她的球自投罗网！

林白水怔了怔，竟然有一瞬间的恍惚，她认为对方其实是故意给她机会，诱导出截击球试探她的实力。

是她想多了吧。

林白水轻微喘着气摇了下头，努力让自己别乱想，她咬咬牙，很快再次进行攻击，她才不差呢！

网球不断在几个人的拍子上横冲直撞，就连场外的观众都敛声静气，跟着网球的飞跃轨迹轻微地转动脑袋。

顾风这边只能用看似接到了大部分球来描述，要知道，放在他以前的比赛，拼命接到了大部分球的这个形容，都是用来形容不敌顾风的对手啊！

而在前方的林白水整个目光已经涣散了，甚至可以说，是有点慌神了。

30∶0——30 是 4 组的得分。

怎么回事啊……当时对战排出来，看到对手只知道是校内混双1 号种子，但是就算再怎么厉害也会有破绽的吧，但是 4 组的破绽到底在哪里啊？

看着毫无进展的分数，林白水打得更急了——凭什么初赛就让大一的他们对战"最强"啊！

而发球后，后面的顾风也很快来到了网前，他们应该是打算网前进攻，想要尽快占据有利位置。

来到网前的男生微微张了张嘴，他的呼吸也开始变得急促："别怕。"

虽然让她别怕，但顾风的内心也在不可遏制地一点一点沉下去，具有优势的发球局，他们却连一分都还没拿到。

林白水也咽了咽口水，她很想看一眼身旁的顾风，好像那样才能给予她更多的勇气，可对手根本不给她转头失神的机会。

而钟茭则是在九点半才气喘吁吁地来到了 2 号球场，这里好像围拢的人数最多。

她很努力地挤了进去，便看见顾风正好在对旁边的短发女生说着什么，短发女生忍着情绪不停地点头。

可是来得太晚了，看来她只能在外面观看完整场比赛了。

因为一个是校内最强混双，一个是人气混双，两边都有许多支持者，网球在半空中迅疾地飞动着，场上选手的表情一个比一个严肃。

身边有人表情复杂地讨论着："那是安慰吧……"

"肯定是安慰啊，没看到女生都快打哭了吗？那是种招架不住的害怕好不好？"

"可这才初赛啊，顾风他们就遇上了最强混双，如果输了那不是直接止步于初赛了吗？"

"我看很有可能啊……毕竟你看分数嘛……"

场上的顾风正好单脚跳起，仰着头发出了一个大力侧上旋发球，网球顺着一个大角度斜线直接向对方的边区外角飞去。因为是左手，在右手的基础上，这球的角度会相对更大，球风迅疾，但对面的男选手还是很努力地跳起侧身接住了！

但还好仅仅是接住了，林白水趁机上网打出一个完美的截击球终于为 3 组拿下了一分！

40：15。

可拿下一分的两人，表情仍然毫无生气。

顾风在场上缓慢走动着，漆黑的眼眸不知在什么时候已经变得有些不坚定了。他的心脏在胸腔内剧烈跳动着，一声比一声沉闷，仿佛能冲破耳膜在这么多人面前猛然炸出他茫然的不安似的。

仍然落后对方一局。

对方两名选手笑嘻嘻地互相击了个掌，他们好像从一开始神色便很轻松。不是轻蔑对手而是那种淡定自如的放松，甚至还会在短暂休息时，很大度地对顾风两人说一句："你们已经很棒了！"

已经很棒了，只是不巧遇上了他们，能横行真是全凭本领啊。

新的一局开始。

顾风擦了下快要滑进眼角的汗水，抬头看了眼灰蒙蒙的天空，乌白的云层浓重得像是抹不开的墨，男生前所未有地觉得一场比赛怎么会这么漫长。

这种无尽的恐惧，陌生而久远，是在第一次和顾屿然PK的时候，那种由力量、经验、天赋造成的差距，那种接不到球时的发蒙。

明明是阴凉天气，场外看客也像是紧张得出了把汗。

"怎么办啊……真的就没有办法获胜吗？"

"能有转机的对吧？"

"对面可是校内最强啊，其实输给最强也不丢脸吧！"

可场上的顾风攥紧球拍的力道又大了几分，他磨了下后槽牙，凌厉地将球打了出去，这世上厉害的人多了去了，凭什么不可以有他！

直到双方换场地的时候，顾屿然才趁机跑出了球场，把人群中的钟荧飞快地拎到了休息亭，他觉得有些好笑地弹了下女生的脑袋："怎么来这么晚？"

这一问，钟荧黑白分明的眼眸就更加黯淡了："我不知道是几点，也不知道他们是几号。"

　　她不好意思去问江小川，前两天就只好去网球场碰运气，可每次顾风都和那个女生在一起练球。他们配合很是默契，一个眼神便能快速变化出新站位，钟茨很快便没心情在外面继续等下去了。

　　她想不明白，为什么打单打就很棒的顾风，还要和别人组双打呢？

　　闻言，顾屿然笑意更浓了，他双臂环抱地凑近她，像逗小孩儿一样："啧啧，这么可怜啊。"

　　"嗯……有点。"女生吸了吸鼻子，觉得有点冷，又时不时瞟向换了场地的顾风。也正是因为换了场地，顾风的站位也相对离休息亭更近了一些。

　　也正是凑近了她，顾屿然才注意到已是深秋时节，小姑娘还只穿了件粉色外套，搭着粉色的超短百褶裙。像是忽然想起了什么，顾屿然竟然一边笑眯眯地看着顾风，一边伸手摸了摸女生的脑袋。

　　果然啊，原本在场上看似认真备赛的顾风这才冷冷地侧了侧头，神色清冷地扫向他。

　　顾屿然便冲自家弟弟咧嘴笑了，顾风不开心，他真是无比开心啊。

　　而钟茨则缩了缩脖子，立马跳到郑教旁边："郑教你下回出门可以带个飞盘，你一扔顾屿然就欢快地跑出去捡，他一走，别提有多安静呢。"

　　郑教被逗乐了，一笑便露出了洁白的牙："这主意好啊。"

　　"……"

　　顾屿然真是无语了。

　　场上的较量却正是如火如荼，最强混双擅长回击小斜线球，已经靠此又拿下一局。林白水和顾风也当机立断换了另一种站位，两

人都站在了右侧，只是一个在前，一个在后，这也算是给对方一个信号，"斜线球接发球行不通，请回直线球"。

也正因如此，为了能轻松接到对面的小斜线球，顾风不得已短暂换回了右手接发拍。

右臂的刺痛和僵硬让男生微微地皱了下眉。

也正是顾风刚才的一个跳跃，才让顾屿然注意到了不同寻常的地方。

顾屿然瞳孔微缩，好像还有点不愿相信。他又按捺住心惊肉跳的情绪焦躁地看了一会儿，硬生生地等到了中场休息。

顾风满身是汗走过来，眼角余光中似乎注意到了迷糊的钟荧正手忙脚乱地想要从背包里掏出什么给他，但林白水正好将毛巾扔给了他。他接住，还想用毛巾盖住膝盖，便被憋着一股怒火的顾屿然拽到了一边。

郑教坐着，顾屿然站着，郑教应该还没注意到问题，但是这小子知道自己在干啥吗？

顾屿然一脸严肃地看着他："你在干什么？"

顾风低头擦了把汗，重重地喘着粗气。这场压倒性的比赛，他早已消耗了大量体力，若非必要，他还真不想回话："什么干什么？"

顾屿然真是气急了，拼命忍住了想要爆粗口的冲动："你是要让我撩起你的袖子给裁判看？"

男生擦汗的动作一下子就僵住了。

顾屿然捏着他的手腕，力道大得可怕："受伤了就给我停下来。"

"不可能。"

"不会爱惜自己身体的运动员，我还可能让这样的人上场吗？"

"顾屿然你别管我。"顾风忽然冷冷地用球拍将哥哥的手拨开。

顾屿然都有点蒙了，然后忽然别过头咬咬牙笑了，肩头微微抖动着，是真的气得发抖："不是以我为目标吗，你这样永远都赢不了我！"

他已经为今天的比赛放弃了很多，更不可能战斗到一半就落荒而逃，男生的声音微微有些颤抖，充满了不甘："我不用右手了。"

"你们两个聊够了没有？"

中场休息本就只有两分钟，看到他们两兄弟一直在那儿磨叽，郑教的暴脾气一下子就上来了。

可顾屿然权当没听见仍然气急败坏地不让顾风走，他的语气快而急："对面就是专门收拾左手的怪物，你不用右手你赢得了吗……"

"我赢给你看。"

顾风直接红着眼从他身边快步绕开，然后大步向钟荧走去。四目对视之间，他将毛巾扔给她，男生低声说了句"盖上膝盖"，便又返回了场上。

几秒的靠近几乎是忽然之间的，等男生转身离开之后，钟荧才慢半拍地红了脸，有点莫名地高兴了起来。她低头看了眼自己露出来的腿，的确觉得有点冷，之前观看比赛也在悄悄地跺脚，于是钟荧便佯装很自然地坐到了郑教旁边，然后，乖乖地盖住了膝盖。

3.

顾风和林白水最开始仍然采用澳式双打站位，发现对方不打小斜线球了，才又变回了一前一后一左一右的大致站位。

短暂的中场休息，男生没能缓解肌肉的疲劳也没有补充水分，

他的体力在大幅度下降，他擦着额际的汗，整个人都显得累极了。

还不能用右手。

那就只能把余下所有的体力都用在快速球上了。

顾风抿了下嘴，开始小幅度原地跳跃了起来，虽然这样更耗体力，但是经过前几局的吃瘪和撞南墙，他应该算是看出最强那组的破绽了。

随着一发极速飞跃但是角度却不大的球发出之后，忽然有人小声惊呼："啊，我觉得……啊，真的没接到！"

"什么什么？是'最强'那边分神了吗？"

"不是不是，是中间球，就是两人都以为对方会接，但结果都晚跑了一步的中间球！"站在休息亭等候的下一组选手看到这里都有些热泪盈眶了！

之前一边倒的沉重讨论也开始变得不确定了，场内和场外都开始莫名兴奋起来，这种无法预料的比赛最有看头啊有没有！毕竟大家最喜欢看到意外了。

"等等……那这一球为什么'最强'也没接到？"

"傻啊！这是'最强'一开始最擅长的小斜线球啊！顾风不仅学会了还原封不动地打回去……你看'最强'现在立马就变换站位了！'最强'会的站位太多了，以至于他们下意识地就开始变啊变的，这是长期养成的定式思维！当然像我们这种普通人，能灵活改变两种站位就很不错啦！"

"而且我觉得顾风打了两次应该不会再打小斜线球了……啊啊啊，还真被我猜对了！"

刚才充当解说的下一组选手激动得都想嗷嗷叫了！

会得太多，想得太多，最终反被只会寥寥几种接拍的带乱了思维，分了心神，输掉了比赛。

网球比赛算是一场个人灵活的思维赛，场外的教练一般能冷静地分析比赛战况，也正因如此，才规定不能向选手暗示接下来该打什么球，只能靠场上的选手临场发挥，独立判断。

输赢，都只在个人的判断之中。

江小川的单打一比完便汗流浃背地跑到了2号球场来。

他满头大汗，短袖也被汗濡湿了一大半，2号场外围满了敛声静气，连大气都不敢喘一下的观众。还好他个子高可以在后面不停地踮着脚跳了又跳。他想要看清赛场上的局势，然而紧张的场外一下子便爆发出了猛烈的欢呼声！

是一种压抑了很久的，终于放松下来的狂欢！

"这就是传说中的逆风翻盘吗，我都快哭了！"

"喂喂喂！这一胜利也算是给了我们信心对吧！他们真的做到了把上半场的刺痛变成了这一把的子弹哎！"

一群女生也抱在一起又哭又笑，激动得手舞足蹈。

"是顾风吗？是顾风吗？"

外面的人群一片嘈杂，好像刚刚经历了一场痛苦的煎熬。

江小川也按捺不住兴奋和忐忑，毕竟一对儿是校内最强、即将输送到国家队的强有力新鲜血液，一对儿是冉冉升起还有很大潜能的明日之星，哪一方都有可能赢。他扒拉开人群便冲进球场，飞快地跑向同样疲惫不堪正缓慢走进休息亭的顾风："是你吗，是你吗？顾风是你赢了吗？"

顾风本就累到虚脱，现在又猛地被人扑上前。他毫无防备直接

被扑倒在地，手肘与地面接触又是一阵刺痛神经的摩擦，他闭上眼倒吸了一口凉气……并且对方竟然还是个高高瘦瘦的男性同胞。

顾风撑坐在地上，都不知道该怎么形容他们两人的姿势了。

场外更是意外而兴奋地惊呼成一片。

"呀呀呀，这就是男孩子们之间纯真的友情？看起来怎么意外的和谐……"

"啊啊啊，我什么都没看到……"

赛场上忽然吹来一阵凉爽的秋风，一旁的树叶晃动了起来，沙沙作响，就像树木也在为他们鼓掌一般。

顾风干脆坐在地上对江小川无奈地笑了下，或许是整个人都放松了下来，俊朗的眉目舒展开来，笑容是那样明朗干净："是啊，赢了。"

他一无所有，只有一身勇气孤注一掷，赢得侥幸，也是他唯一的机会。

没想到江小川竟然全身抖动着，抬起手臂遮住双眼哭了："小风……你真棒……真的……真的很棒……"

等江小川缓和了情绪，顾风才起身朝休息亭走去，那边，都是在等待他的人。

远远就看到钟荧抱着背包似乎也红了眼，一副也要哭出来的模样。大男生竟然笑了，稍长的刘海微微遮住了他的眼，他笑起来很好看，让原本冷峻的轮廓也柔和了起来。

居然对他这么没信心啊。

他很想走过去捏捏她的脸蛋，告诉她，别哭，不然他就想吻她了。

但他还是老老实实走上前："郑教。"

郑教是老江湖，也不轻易将情绪表现在脸上，他慢悠悠地"嗯"了一声，眼神一直落在场上的第2组选手身上："还有事向我请教？"

"不是，我有事就先走了，郑教慢慢看。"

闻言，一旁的顾屿然冷哼了一声："我们当然要慢慢看了，又不是只来看你一个人的比赛，"想了想，他还是没沉住气，略微训斥了一句，"还不快去看。"

顾风点了下头，才看了一眼钟荧，便被旁边的林白水拽走了："再不出发我不陪你去了……"

"我自己去就可以了。"

林白水皱着好看的眉眼，就像在很自然地和他赌气。钟荧看着两人逐渐走远的背影，是真的很亲呢。

"真的不陪你去了哦。"

顾风淡淡地对她笑了下："好。"

"才不要呢！"

江小川愣了，然后下一秒便抓狂了："啊啊啊，小风真走了！这重色忘义的臭小子！"

顾屿然还是决定好心帮弟弟解释一句："他真有事。"

江小川很是不满："真有事还带上林白水？为什么不带上我？"

"你没人家好看呗……"顾屿然忽然咬到了舌头，因为钟荧转身离开了，完了完了，"不是，荧荧，他真有事……"

荧荧理都不理他。

顾屿然懊恼地咂了一下嘴，他把手肘搭在江小川的肩上："你听过追妻火葬场吗？"

他忽然无比同情顾风，毕竟之前他在比赛前受了伤也不敢让姜明姗知道，知道了就绝对不会让他参加比赛。他后来硬着头皮上了赛场，足足哄了大半个月，姜明姗才愿意和他说话。

唉，运动员就是苦，受伤了最先顾忌的不是自己，而是身边在意关心自己的亲友。

"咦，"江小川很是好奇，"这不是专门形容屿神你的吗？"

"……"

顾屿然真是忍无可忍："给我麻利地滚远点！"

4.

钟荧回到寝室的时候，林丽终于舍得屈尊跑到她寝室来玩了。林丽正悠闲地躺在钟荧的床上，一边啃着鸡爪，一边两眼放光地看着钟荧："怎么样怎么样，小风是不是夸你今天超美？"

闻言，女生笑得双眼眯成了一条缝跑进来，进来的时候身上还带着一股寒气，她赶紧把薄被盖在冷得发白的膝盖上，好像这才恢复了点元气："没有呀，倒是他身边的女队友超美，我跟你说啊，他们赢了全校最强的混双啊！听他们说，是逆风翻盘！"

"哦。"

顾风会赢是家常便饭，林丽不觉奇怪，只是觉得眼前没心没肺的女生很是奇怪："你看上去，高兴得不得了呀？"

"嗯嗯，对呀。"

钟荧的眼睛其实大大的，笑着眯起来的时候便显得更无害了。特别是女生乌黑的头发柔软地落在肩上，很是顺毛，是真像一只软糯的兔子。

钟荧掏出手机，打开很久没用过的"新拍"："嗯……上传哪一个好呢？"

女生修长的手指滑动着刚才在比赛现场拍摄下来的好几段小视频，每一个小视频的封面都是顾风和短发女生两个人。

林丽也凑上来瞅了几眼，这么亲密的男女混合双打啊，然后又悄悄瞥了一眼女生的神态，这么……平静的吗？

见钟荧犹豫不决，林丽干脆指了指最下面的小视频："就这个吧，看起来两人隔得远。"

"好。"

钟荧把小视频添加进去，还差个标题。女生想了想该怎么祝福显得比较自然一点儿，便开始输入：真好啊，他们都找到了。

点击发送，任务完成，钟荧心满意足地关闭软件，然后软萌地把头靠在林丽的肩上，她这才渐渐沉下了眼眸，觉得心里空荡荡的荒芜："我们出去购物吧，这个月的生活费还剩下好多，可以给我们俩买好几件外套！"

"噗——"林丽一下子就忍不住笑了，"这多不好意思呀，小富婆！"

"走吧走吧，我已经按捺不住买买买的冲动啦。"

果然女生情绪不太好的时候，买上几件漂亮的衣服心情一下子就美丽了。

她们两人逛到很晚，吃了火锅又转战下一个卖场。在林丽试衣服的时候，钟荧才有时间刷了会儿朋友圈，看到某一条带图更新时，女生便愣住了。

是表妹温铃发布的，看角度应该是一张斜角度偷拍的四个人吃

烤鱼的照片，顾风和短发女生坐在一边正好能看到两人在低头说笑，而江小川和周淮声则坐在另一边背对镜头看不到表情。

还附带表妹个人心情：

暗恋的小哥哥带漂亮姐姐来我们店吃饭 QAQ。

我是去给他们添茶水呢，还是去给他们添茶水呢！

钟荧把图放大看了好一会儿，才揉了揉酸涩的眼睛，输入了评论。

萤火虫：你加他了吗？

萤火虫：所以到底有没有添茶水呢？

WL 回复萤火虫：我没有加他哭唧唧。

WL 回复萤火虫：我还是去了……还去了好几次，小风哥就一直低头说"谢谢"，直到最后茶杯是满的我还跑去加，小风哥才抬头看了我一眼！嗷嗷嗷，还好他认出我来了！还让我好好学习，少做兼职呢！当时我心"扑通"跳个不停呢！

正好林丽换上一套红色的套装出来了，钟荧一边强打起精神对她笑了笑，一边匆匆回复表妹。

萤火虫：听他的话。

WL 回复萤火虫：嗯嗯！

5.

顾风刚从浴室洗完澡出来，毛巾还搭在头上，一直守在外面的江小川便殷勤地跳到了他的身边："小风哥，我给你吹头发！"

"……"

"不用。"顾风冷冷地将他推开，坐到了自己的床边随意揉了下头发，便把毛巾取了下来，濡湿的头发闪着光，显得发色更黑。

男生拿了本床边的体育杂志翻看着，正好翻到了网球那几页，看到之前在青年大师赛打过照面的女选手原来穿的是运动短裙，这样方便打球吗？没来由地又让他想到了上午的钟荧和女生白花花的大长腿。顾风不禁轻咳了一声，下意识舔了下嘴唇，原来在他眼中，只有钟荧穿了短裙他才能第一时间注意到。

忽然，他皱了下眉有些懊恼，才见了一面又要忍住等伤好了再见她了。

顾风低着头，用杂志敲了下自己的额头，只觉没她的日子可真难熬。

"小风，小风！这是给你准备的冰镇牛奶咖啡！"

"嗯。"男生仍然把头抵在冰凉的杂志上，略一伸手，便接住了冷饮。

江小川和周淮声知道了他的手伤，好像是周淮声回寝室换网球拍，结果把放在高处角落的塑料盒打倒了，里面的外伤药散落在地，一下子就明白过来为什么顾风最近要刻意避开他俩。两人比赛结束就匆匆忙忙赶来找顾风了，那时候顾风和林白水刚从医院复查出来。

顾风也过意不去，就请大家一起吃了饭。

而知道了真相的江小川对他就更是崇拜了。

受伤了还打赢了最强混双，不科学呀，但是江小川很快就说服了自己，嗯，顾风就是科学本身。

但总觉得顾风仅仅只是把张胜独自一人弄到非洲好好"旅游"了一把还是不太解气，算了，等他能平安回国再说吧。

"哦哦哦，我还特地找了你一定会喜欢看的片儿，放心吧，你

不喜欢的地方我都找人给你打码了！"

一旁正全身心打游戏的周淮声忽然悠悠地冒了个声："但是视频有码，心中无码。"

闻言，顾风都对江小川有些无语了："我不看那些。"

"相信我嘛，你肯定会喜欢！"

"话说小川你哪儿找的资源啊？"

"很好找啊，现在几乎各大网站都有了。"

周淮声就像听到了天方夜谭，这又不是在日本："不可能，广电查得那么严！"

虽然这么说着，周淮声还是竖起耳朵心情紧张地准备听着，毕竟想到要一起看还真有点不好意思。

江小川把自己的平板硬生生地挡在了顾风的体育杂志前面，顾风叹了口气顺势把杂志合上。

见状，江小川感觉自己的心血被他如此无视，脸一下就拉下来了："荧荧姐的最新一期综艺，我把她旁边一直献殷勤的那个学长都打马赛克了，小风你都还不愿意看吗？"

"……"

心情仿佛坐过山车，顾风抿着嘴，心情无比复杂地再次点开了视频，然后便听到了女生清脆的笑声，大男生的眉目也跟着一下子就舒展开了。

她真可爱啊，就是身边一直跟着个马赛克，有点影响大男生的观赏心情。

看完了综艺，顾风觉得还不过瘾，似乎是想把之前没看够的都在这一刻补上，他又打开了"新拍"。他的"新拍"自始至终都只关注着一个博主，那便是钟荧。

看"新拍"更多的时候是在高中，那时候他高二，顾屿然已经去了国家队，钟荧大一。他想她的时候就一遍遍地看她的短视频，更多视频出场的都只有蠢到可以的顾屿然，只能听到她嬉笑的声音。

这么多年，他好像已经习惯了想她的日子。

然而手指却停在了最新一条更新上，他反复看了几遍"真好啊，他们都找到了"的标题，忽然有些隐隐不安，屏幕幽蓝的光泛在男生的脸上，他又点开了评论，匆匆浏览了一遍。

——啊啊啊，是弟弟！话说博主的"他们"是什么意思？赛场上明明就是默契十足的男女混双……看得我心碎得稀巴烂 QAQ。

——这是当年贡献了经典情话"你敢抓她"的弟弟哎……所以时光如梭，弟弟最后还是和别的女生在一起了吗……

他好像记得，高一的时候，他趁家里没人就把流浪猫抱回家喂食，然后便和拿着相机兴冲冲跑过来的钟荧撞上了。

女生一手拿着相机在拍他，一边还欣喜地想要凑过来逗猫："哇哇哇，它好可爱啊！"

他当时却想的是哪有你可爱。

没想到在他怀里表现乖巧的橘猫竟然伸出爪子要挠她，顾风当时就低头对着橘猫冷冷说了句"你敢抓她"。

然后流浪猫就像是读懂了他那句"你敢抓她，我就敢不要你"的意思，立马就温顺地缩在了他怀里，任由钟荧抚摸了。女生眼中是止不住地羡慕："它很听你话哎，怎么做到的呀？我小时候养的那只就老挠我，但又爱往你的婴儿车里钻。"

婴儿车……

男生尴尬地咳了下，风平浪静的外表下隐藏了一丝止不住的雀跃："就是，你跟它说，它就听了啊。"

"？"猫与猫之间的差距怎么这么大（明明是人与人之间的差距怎么这么大）？

——我觉得，虽然晴天霹雳，但是他们都找到了，很有可能是指顾家兄弟都找到了自己喜欢的女生……

顾风很快回过神来，他立马退出了"新拍"，心慌地点开了微信，还似乎有一瞬的心脏漏跳。

Feng：睡了吗？我有话要和你说。

顾风还在飞快地输入着"我和林白水只是普通……"那边便弹出表情包了。

萤火虫：[奸笑][奸笑][奸笑]。

萤火虫：快叫上上午的姑娘，一起请学姐吃饭，我最近正好想吃牛肉火锅啦！

见状，男生沉默了好一会儿，才极缓慢地删掉了刚才的一串话，只觉手指里的血液都凉了下来。

Feng：就这样？

就这样，一点都不在乎这个事是不是真的？没有一点点的不高兴或者质问的情绪？

萤火虫：或者你们安排就好，看她喜欢吃什么吧！

Feng：就这样。

萤火虫：[握手]。

　　顾风躁郁地磨了下后槽牙，关掉屏幕的手指因为太过用力，关节都泛着惨白，他忽然不爽地踹了一脚斜前方的上铺爬梯，吓得在上铺看直播的江小川立马哆哆嗦嗦地扯下了耳机线："宿管阿姨，我错了，我悔过！我马上就收拾床铺……"

第十章

"还有很多话没告诉他，
还有很多的喜欢他不知道。"

♥ Tian Mi Shang Xuan

1.

钟荧原本在狭窄的试衣间正要试风衣，发完了微信之后，忽然便把头埋在了风衣里哭了起来，抽泣得厉害，好像在心里憋了很久的酸楚终于在这一刻爆发了。

她居然真的迷恋上了冷言寡语的邻家弟弟带给她的温暖。

他很好很好，而她还有很多话没告诉他，还有很多的喜欢他不知道，她就要祝福他了。

或许是见女生好一会儿没出来，外面传来了轻轻的敲门声："女士，尺码合适……女士，您怎么了？有什么问题您先开门可以吗？"

闻言，钟荧下意识地后退了一步，试衣间里的光线冷硬而明亮，映衬得穿衣镜前她的眼睛就更肿了。哭到一半的女生有些慌，无措地朝逼仄的四面看了看，她缓和了好一会儿心情，才稍微稳定了颤抖的声音："撞到头了……没事，我很快就出来……"

"您先出来，我们为您看看……"

"荧荧你怎么了？没摔伤吧？荧荧你先开门好吗？"

外面的声音就更紧张了，还一个接一个地说着，就像外面围了好几个人似的。

"好的。"

还没收拾好心情的钟荧只觉更加窘迫了，她着急地揉了下眼睛，没想到更红了。

无奈，她只能硬着头皮红着耳根走了出去，还得对她们微笑着说没事，心里却冷得发慌："把衣服包上，一起结账。"

林丽心疼地摸了摸钟荧的脸，轻触了一下钟荧的额头后又立马收手了。林丽抱住钟荧，像哄小孩儿一样拍她的背："痛坏了吧，不哭不哭啊，还好没留下印子，我们荧荧美着呢！"

钟荧咬着嘴唇无声地对她极慢地点点头，心里头确实是痛坏了。

寒冷的 11 月钟荧几乎是在忙碌中度过的，台里给她和陈远安排的是一档全新的体育励志竞技综艺节目。第一期录制的是乒乓球，但一般是需要提前录制好两三期节目再进行放送。

一开始钟荧每天电视台和学校两边跑，后来实在是觉得太累了，便干脆把江小川表姐那套房子租了下来。搬东西那天，她还特地让江小川别叫顾风来："和我一起住的还有我表妹，她喜欢小风很久啦，一见到他都不想好好学习啦。"

"唉，我怎么没这么多的暗恋者。"

"但你可以暗恋很多人呀！"

帮钟荧安装电脑的江小川一听立马笑了："这都被荧荧姐发现啦！那你猜，我每周的星期几到星期几是暗恋荧荧姐呀？"

女生笑得侧身靠在了转椅上，她抿着嘴摇头："不知道。"

"当然是从星期一的早上到星期天的晚上一整周啦！"

闻言，钟荧乐得双眼都眯成了一条缝，心情似乎都明亮了许多："小川，原来你也有这么会说话的时候？"

"……"

与此同时，第二期的羽毛球节目也录制结束了，看到第三期主题是网球的稿子时，钟荧快速浏览了一遍，然后痴痴地笑了，原来顾风已经进入国家队了。

2.

到了录制当天，钟荧就开始紧张了，她和陈远都穿着白色网球服，两人在后台的化妆间熟悉着台本，任由工作人员为他们进行最后的补妆和造型整理。而邀请来的嘉宾也已经在另一边房间准备。

因为网球需要的展示空间大，这次录制就在一个室内网球馆里。

钟荧总会不由自主地抿一下嘴唇，化妆姐姐眼看着她就要忍不住咬自己的下嘴唇了，便赶紧阻止道："别别别，不然口红就要抹到牙齿上了。"

"……"

那待会儿上台得多尴尬啊，钟荧微微红了脸，眼神闪躲地点点头："我知道啦。"

到了录制时间，他们两人站在昏暗的通道上，这里能通过出口看到外面看台上的观众们。钟荧深呼了一口气，他们都已经行走到了最好的道路上啦，这次首秀一定要让更多人喜欢上网球，喜欢上网球选手，支持他们靠个人判断和独特球技所征战下来的每一场比赛。

主持人一出场，场上立马响起了热烈的掌声。

钟荧露出了最明亮的笑容一起和陈远渲染出了录制现场的氛围："接下来，我们有请网球队里的团宠成员顾氏兄弟和他们的教练上

场！"

另一边通道上的啦啦队早已做好准备，随着通道里五光十色的聚焦灯猛然亮起，在高亢的音乐里，气场全开的郑教向观众们挥着手带着顾屿然和顾风走出了通道，场上的观众立马站起来鼓掌欢呼，持续了很长时间。

毕竟两兄弟的颜值真是老少通吃啊。

一向不苟言笑的郑教今天一身深色短袖运动服，两兄弟则是红白短袖，搭配白色短裤，很是平易近人热情友好的视觉效果，要知道，平时冷漠孤傲的顾风是不可能让人产生温和的错觉的。

而顾屿然就不同了，他脾气很好，特别是看到观众席上的姜明姗时更是笑得合不拢嘴，一出场便几乎向每一个方位的观众区都招了手，更是引得场上一阵激动。顾风则只是抿着嘴淡淡地笑了下，双手背在身后，明亮的目光却毫无焦点地看着观众席。

毕竟他想见的人正和他并排站着，场下确实没什么可激起他兴致的人物。

钟茭听见自己的心跳有"怦怦怦"似打鼓的声音，她的目光一直贪恋地黏在顾风身上，先是一阵欢喜，见到他，女生的眼神不可遏制地变得明亮了起来，而后又是缓缓沉入心间的怅然。他好像又长高了，还剪短了头发，本就锋利的轮廓更加沉静利落，这种喜怒哀乐完全被一个人的举动左右的感觉，真是太伤神了。

但她没办法啊。

可现在还在录制节目。

钟茭稍微抬高了点话筒，就算是为了让他看到自己最赏心悦目的样子吧，她雪亮的眸子又染上了笑意："其实国家队名额本就不多，还一下子就把两兄弟都招了进来，他们一定有各自的过人之处，但私下训练中，教练其实是更喜欢哥哥还是弟弟呢？"

一开场就搞事情啊，连场下的观众都直呼难以抉择。

郑教眯眼笑了下，他把目光看向身旁的年轻人，把话题甩给了他们："让他们自己争一争呗。"

顾屿然笑得很是张扬："连出生时间我都争赢了，这个我还会输吗？"

看见顾风并不着急回话，可这是录制不能冷场啊，钟荧连忙开口："顾风你呢？"

闻言，隽秀挺拔的男生忽然低头笑了，好像就在等她提问的这一刻。他侧了下头直直地看向钟荧，这还是两人今天第一次对视："主持人觉得呢？"

"嗯？"

顾风用带笑的目光慢慢地磨着她："教练是更喜欢顾屿然呢，还是我呢？"

为什么他的目光会让自己觉得心痒痒的呢，就像是被猫轻挠了一下。钟荧慌忙避开，然后微笑着看向镜头："好啦，那我们马上进入展示环节，相信通过比试之后，我们应该就能知道郑教练的心思了。顾屿然和顾风你们好好加油咯。"

快速说完台本，钟荧才心累地稍微往后退了一些，之后大部分台本就交给陈远了，她只需要为他们加油或者搞笑地捣乱一下就可以了。

第一个环节便是变态的蒙眼定点发球。

道具组在网球场的两个外角和一个内角分别摆放了三个由高到

矮的三角形叠杯子，最多的一共三排六个杯子，之后是两排三个杯子，最后一排只有一个塑料杯。

两位嘉宾每人只有六次机会，而且要一次打掉叠在一起的所有杯子才算成功。

顾屿然仅仅发了三次球，也就是说，一球便解决了一沓杯子，引起全场轰动！

太强了……定点发球是练习网球的基础，可这是蒙着眼进行的啊！

钟荧只会傻愣地不停鼓掌了。

陈远也不禁唏嘘："那接下来的顾风就很危险了，就算同样只用三颗球全部打中也只是打成平手难分胜负啊。"

语毕，两个主持人往球场外倒退了一些，顾风也来到了发球区。他大致估计了一下距离，而后很快闭上眼，用银色布条蒙住双眼，打了个结，接过了助手递来的球拍和网球。

顾风用拍子轻轻覆盖在网球上，而后忽然抬手，把网球一抛，头一仰，在听准了球风的声音后快速打了出去。

钟荧的话筒猛地被打落。

全场观众都惊得站了起来。

话筒落在地上发出了一瞬电磁干扰的噪音，撞击的力道并不大，或者可以说是完全精准控制了力度的小幅度触碰而已。但钟荧还是吓得又后退了一步，然后很快回过神来心虚地赶紧把话筒捡起来。

"小风这一球打得可真是偏太多了呀，还好台里给我们话筒也买了保险，哈哈哈！"

陈远开着玩笑，顾风也扯下布条。

明明连带着嘉宾每一个人都有话筒，但他抬了下头，却直直把眼神落在对面的钟荧身上，男生狭长而好看的眼眸沉沉的："不好意思，失误了。"

"没关系……"

目光遥遥相触，钟荧很快便躲闪地笑了笑，然后别过头看向了另一边的道具。

只有她接触了，所以知道这样的力道其实毫无攻击性，他是故意的，没想到还真的撞入了她的心里。即使之后男生也同样用三发球便轻松击倒了场内的阻碍，钟荧却像失了魂似的……他干吗还老是招惹她啊……

她本来就舍不得他。

3.

似乎达到了目的，虽然以四球败给了顾屿然，顾风却扬起了嘴角。

到了短暂的录制休息时间，坐在场下第一排的林白水招呼着他，顾风也好心情地走了过去。林白水旁边就坐着江小川，两人神神秘秘的。顾风站在场内把手肘搭在栏杆上，微微倾了身子看了两人一眼："有事？"

林白水拍了拍放在腿上的背包，笑得很是灿烂："这场上几乎都是顾屿然的应援幅啊，不过包里还有个专门给你做的横幅！要不要我和小川给你拉出来呀，超霸气的！"

闻言，顾风有些失笑："不要。"

"哼，"林白水郁悒地翻了个白眼，"真是浪费我的制作费！"

顾风微微张了张嘴，又补充了一句："那行，待会儿一起吃饭。"

通知了继续录制之后，顾风又很快回到了场上。

这次是用各种奇葩道具和两位主持人对打，钟荧抽签抽到顾风的时候，真是心力交瘁了。

主持人可指定对手用哪种道具，几人在道具台挑选着，右边的顾风忽然问了句："想让我用哪个？"

"搓衣板呗，搓衣板她胜算更大一些。"陈远就站在钟荧的左边，想也不想就替她回答了。

"好啊好啊，我也想赢一次。"

一听到赢，钟荧立马就来精神了，毕竟这是她体育生涯中从未有过的舒爽体验啊，想想自己冷酷地 PK 掉了顾风，心情都变美滋滋了。她总是这样，很快能恢复元气，最主要是不想因为自己的情绪影响了大家的录制。

"OK！"顾风点点头，然后面无表情地拿起了搓衣板，转身离开。

哎？这个"OK"是准备给她放水的意思吗？

一直阴郁的女生，瞳孔里这才有了斑斓的色彩，她兴奋地跑到发球区，然后姿势很老练地开始发球。

飞驰而去的网球虽然接触到了男生的搓衣板，但是他并没有打过网！

可能是搓衣板上有纹路，真的不好控制球路，15：0 的分数很快就到了 40：0！

太玄幻了，这放水也放得太厉害了，就连钟荧自己都觉得不好意思了，只要再赢下一个球，就赢了这一局比赛！

然后对面的顾风便对她笑了笑，在之后的五分钟内告诉了钟荧什么才是打网球。

顾风开始给她表演花式接球，比分就像是被换了个方向的沙漏，直接从一开始的 40∶0 转变成了 40∶40。

就连一旁观战的顾屿然都不忍心看下去了，顾风这不是在逗钟荧玩吗？到底是谁惹到他了，这小子一下子变得这么腹黑？

特别是在接最后一球时，球风迅疾，在网前的顾风转身向后跑着追到了网球之后，竟忽然放慢了脚步。他整个人还背对着网球场呢，就那样气定神闲地用手腕带动着搓衣板往后轻松又随意地一挥，成功打出了这发球不说，并且还过网了！

钟荧根本没料到他能打过来，硬生生愣在了原地没接，输了这场比赛。

网球弹落在地，滚了很远才停下。

那一刻，钟荧愣愣地，脑子就像"轰"的一声猛然炸开，炸开了一片名为"顾风"的、威风凛凛又万分温柔的领土。

命中靶心，是直击钟荧的少女心啊，怎么办，她居然有种被帅哭的感觉呢……

场外的观众一下子也少女心爆棚了！

"啊啊啊，这么帅的吗？！就那样背着身？看也不看球场就打过去了啊！"

"我也喜欢上弟弟了！"

"……"

钟荧忽然背对观众，佯装让位给下一组的顾屿然和陈远，飞快地溜到了很后面呆站着。

录制终于在观众持续的高涨情绪中圆满结束，钟荧换下了服装，

穿回了自己的毛衣，出了网球馆便愣住了，馆外一群人都在等她，有男有女。

深秋的夜幕很早便渲染开了，顾风把黑色外套的拉链拉到最高，领口竖起，微微有些遮住了他的下颌。他双手插兜，在人群中间回了回头，意味不明地看她："去吃饭？"

不要。

看了一眼站在顾风身边的女生，钟荧就更不乐意了，但毕竟除了那个人其他都是好朋友啊，还得有个推托的理由，于是，她便清了清嗓子开口了："我刚吃过了。"

"……"

众人都咳了一声，大家都才隔了不过十分钟就再见面了，哪里会不知道她吃没吃。顾风微眯了眯眼轻笑了一声，下颌微收："学姐在网球馆里吃的什么？矿泉水吗？"

闻言，钟荧蹙着柳眉，噘了下嘴，是想要说什么，手腕却忽然被身后出来的人拽住，然后拉走了。陈远笑眯眯地朝大家打招呼："今天很谢谢你们的配合，我们就先回家了。"

"哎？哦，拜拜……"

见状，顾风看着两人离去的背影脸色一下便沉了下去。

江小川原本站在顾风的左边呆呆地看着，似乎隐隐中感受到了一股低气压之后，连忙后怕地跳离了顾风好远……

顾风转身离开，而姜明姗显然还没看清事态，仍在张望着离去的钟荧、陈远两人，很是纳闷又兴奋地问："那是荧荧的男朋友啊？有点小帅帅哎，也不带上一起吃饭的吗……"

闻言，顾屿然赶紧揽上姜明姗的肩去追"亚洲知名小醋王"，他哄着她，指着顾风的背影跟她说道："荧荧的准男朋友在这儿呢，他今晚请我们吃饭。"

"哎？"姜明姗就更蒙了。

夜色下，这群颜值颇受瞩目的年轻人三三两两并排走着，只有林白水垂着眼眸落在最后面，自己难过着。

而被拉走的钟荧简直无语死了，她懊恼地用另一只空着的手抚摸上自己的额头："啊啊啊……我房子还是他们帮我找的呢，还说一起回家……这不一看就是撒谎吗……"

闻言，陈远松开手，揉了下她的头发，看起来就更亲密了："瞧你这蠢样，回家，可以是回你的家，也可以是回我的家啊。"

钟荧连忙仰起头看他，眼中是止不住的佩服："哇哇哇，陈远你很聪明啊！"

4.

钟荧回到家已经很晚了，她整个人软绵绵地趴在门上输入了密码之后，"啪嗒"一声，门便开了。

客厅内有点吵，透过玄关还能看到映在前面墙上微微变化着的灯光，是在看电视吗？还听见了表妹的笑声。

低头换鞋的时候，才看见玄关处还多了一双格外熟悉的黑色球鞋，钟荧眼眸亮了又亮。她靠着墙悄悄移过去，然后趴在墙角偏头一望，看见了沙发上和温铃一起坐着的黑色身影，女生就忍不住笑了："是顾风呀？"

沙发上的两人应声转过头来，便见钟荧已经跑到了沙发后，倾着身，手肘搭在沙发上，把脑袋凑了过来。

她痴痴地对顾风笑着却不说话，好像在欣赏一件自己很心仪的宝物。

他的五官和轮廓没有一丝多余的线条，是恰到好处的清俊与干净。睫毛长而直，瞳孔还是沉沉的漆黑色，这样的眼神落在任何一个女生身上，都会觉得妙不可言。

钟荧由衷地感叹，他可真好看啊。

可顾风回头看她的脸色却并不好看："喝醉了？"

钟荧摇了摇脑袋，脸颊红红的，她玩着手指一五一十交代着，声音细而轻："没有啊，喝完之后我还把陈远送回家后才回来的呢。"

"……"

顾风一时有些凝噎，心里那股不爽好像更加沉闷地堵在了胸口。但他也只能无奈地微微侧头，伸手把桌上的温水放在女生的唇边，她抵着玻璃杯，就着这个姿势便喝起了水来。

顾风看着她逐渐仰起的头和杯沿边变少的水，也跟着一点一点地抬高了手腕，没一会儿玻璃杯里的水便没了。

而一旁的温铃也顺着顾风抬高的手腕，抬高了自己的脑袋。

她目瞪口呆，心里却惊涛拍岸，激动得嗷嗷叫：天哪天哪，喂水配合之默契，彼此表情之自然，荧荧姐怎么就能有这么好的待遇啊……

顾风看着钟荧，手指轻触了一下女生微微抖动着的睫毛："还要吗？"

钟荧被他摸得眼睛痒痒的，不舒服地推开他的手，便跑回房间了："不要了。"

见状，年纪轻轻的温铃竟然露出了坏笑："咦咦咦，荧荧姐这是害羞了吗？"

顾风觉得嗓子有些哑，轻咳了一声："不是，她喝多了就想睡觉。"

他倒希望她是害羞来着。

温铃了然地点点头，心里却是止不住地怅然，顾风哥哥还真是了解荧荧姐啊。她真是又开心又有点小失落："对了，这么晚了，顾风哥你今晚就别走了，在沙发上将就休息一晚可以吗？"

他点点头："麻烦了。"

"不麻烦，我去给你抱被子！"

顾风是九点过来的，琢磨着温铃的兼职应该结束了，他知道他和钟荧两人在闹气，结果还是他最先沉不住气，先来找她了。他在家里焦躁地等着，一会儿在窗边立着，看了眼楼下亮着两排小灯的街道，又坐在沙发上消磨着时间低头看手机。

温铃趁此加了他的微信，却俨然忘了自己发的那条"暗恋小哥哥"的更新还挂在朋友圈最上面。

想着能不能通过朋友圈了解到钟荧的消息，顾风原本是一滑而过，修长的手指却停在了评论区。

他好好琢磨了一下萤火虫的那句"听他的话"，真是越看越顺眼。

眼看着手机上的时间就要跳到21点49分，顾风完全没了脾气。他点开钟荧的微信，正输入着"你在哪儿，我来接你"的时候，身后便传来她的声音了。

他们相识了许多年，如果彼此真就从此不再联系，那也真是低估了时间的魔力。

5.

半夜顾风想喝水，伸手在桌上摸了一下，结果直接打翻了水杯，倾洒在了薄被和短袖的胸口处。他赶紧掀开被子下了沙发，扯了扯黏在身上的短袖，睡意一下便没了。

应该好一会儿都干不了，顾风干脆拿上搭在沙发上的黑色外套去了洗手间。

他把湿衣服脱下，直接穿上外套拉上了拉链，上半身有短暂的凉意，但是他的体温很快便把外套熨暖和了。然后便感觉漆黑的客厅里隐约传来了轻微的脚步声，下一秒，披散着头发的钟荧便惨白着一张小脸难受地跑进来了。顾风很快后退一步给她让道，见她正要把头埋向浴缸，顾风又赶紧把她的脑袋挪向了马桶："吐这边。"

钟荧飞快地摆手，示意他快出去。

顾风叹了口气，合上门在门外等她。

客厅是暗的，只有卫生间门上磨砂的圆窗透着模糊的光。

"以后别这么喝酒了。"

顾风身影颀长地立在门边，忽然有些懊恼他为什么要为了证明她在意他，而冷落了她这么长的时间。

这些天他在国家队每天从早练到晚，顾屿然还可以和姜明姗通话视频，但他却长时间见不到她，让他感觉又回到了毫无生气、毫无期待的时光，每一天都真实而具体地度过着，才终于来到了 A 大，来到了她的身边。

他也真是狠得下心，像今天这样冷落她。

门内无人应答，只有洗手台传来"哗啦啦"洗脸漱口的声音。

6.

听见门内放水的声音断了一会儿又再次响起，顾风怕她在里面睡着了，便轻敲了一下门："我进来了。"

等了两秒没回声，他推开门，暖黄的灯光允满了整个卫生间。

顾风略一低头，便看到钟荚正坐在瓷砖上，呆呆地趴在浴缸边，用手指在浴缸里的水面上轻轻滑动着，放水的声音就来自墙边的淋浴喷头，还四散着朦胧的水汽。

虽然喝迷糊了，钟荚在睡觉前还是记得换上粉色斑点的睡衣睡裤。顾风走近，俯身试了下浴缸里的水温，他意味不明地看着她，漆黑的眼眸在不知不觉中更深了："想洗澡？"

女生听见声音仍然没抬头，还在乐此不疲地玩水："不是呀，我准备养鱼。"

"……"

这水温，是准备水煮鱼？

顾风咳了一声，也正是走近了浴缸，才注意到她坐着的瓷砖附近是湿的。他想也没想便关掉淋浴喷头，然后俯下身，将她抱到了洗手台上。本意是别浸湿了她的衣服，却没料到坐上洗手台的女生竟然直接双手环抱住他的脖颈，又拉近了两人的距离。

坐在洗手台上的钟荚这才和站着的顾风一样高。

钟荚环着他脖颈时，顾风没注意，鼻梁便和她的鼻尖触碰上了，他很快向后微仰了下头，下意识地咽了咽口水看着她："钟荚？"

钟荚却笑着咬了下嘴唇，她眼中带着雾，双手就搭在他的脑后，正轻轻玩着他脑后的头发，男生的头发短而硬，还有点扎手，但很好玩。

可顾风就没这么轻松了，脑后不断侵袭着陌生的感官刺激。静默的对视之间，只觉得自己内心压抑了很久的某种最原始的渴望正蠢蠢欲动着，特别是他看到她正一点一点地凑近自己的面庞。

"顾风……你今天真是帅疯我了……"

她在找他的唇。

她也只有在醉了之后才会正视自己的心意，毫无顾忌地说出心里话。

顾风再次克制地向后微仰了下头，她一个没跟上，直接吻在了男生的下颌上，温热的、柔软的、湿润的触感，是他渴望的。顾风意识到身体已经被她轰然点燃了一把火，他简直都要疯了。

他竟然会有一股不甘心，因为她酒醒之后是根本记不住自己做了些什么，就更别提她想主动吻他的事了。

冷峻的男生忽然沉沉地看向她，轻轻用手托着她的下巴，让她的唇离开他的下颌，然后主动偏头，吻上了她的唇。

要主动，也应该是他主动。

他温柔地亲吻着，浅尝着，缠绵着，越来越靠近她，而她只能后仰着上半身，一点一点地向身后的化妆镜软软地倒去。

忽然，顾风伸手揽了一下她的腰，又让她坐直，这样两人的姿势也更舒服。

彼此都呼吸急促，好像有些透不过气，可是顾风又咬了一下她的下唇，因为这就是他想要的……

隐约中，似乎听到了从卫生间外传来的声响，顾风没停下，只是伸手一推便关上了门。

"哎……顾风哥你刚进去吗？"

直到门外传来了迷糊的问话声，顾风才喘着气离开她的唇。

见眼前的女生拼命低着头和羞红的脸颊，他忽然便低声笑了。

但他还是很快咳了一声，略微提高了声音："嗯。"

"哦，好吧，那我在外面等一会儿。"

没想到温铃会在外面等着，顾风着实有些伤神。钟荧倒好，除了对刚才的吻还有点意识，一点儿也不清楚现在的情况，只知道低头笑着玩他的拉链，让他更是心猿意马。

顾风无奈，又清了下嗓子："还要等一会儿，不然你先进屋。"

"哦……好。"

温铃睡眼惺忪地坐在沙发上，她懒懒地揉了揉自己的头发起身，眼角余光中看到荧荧姐的房门是虚掩着的。温铃呵欠连天地走过去正要为她关上门，然后大脑空白了一瞬，很快便睡意全无了。

顾风哥不在，荧荧姐也不在？

他们……温铃心跳加快地看了眼卫生间里微弱的光芒，又看了眼空空如也的房间，他们肯定在卫生间里……做着一些爱做的事……

温铃按捺住心中的亢奋，努力稳住了声音又吼了一句："我不用卫生间了，顾风哥你慢慢来！"

为了顾风哥和荧荧姐的幸福，她决定忍了……

门外确实不再有任何动静，顾风也回过头来。他低头抓住女生的手，然后带着她的手，将已经拉下一大半的拉链又重新拉上去，黑色外套里他可什么都没穿。

他不禁觉得有些好笑，心想，这喝醉了的钟荧还真是会来事，这么主动。

钟荧推开他的手，闪烁着明亮的双眸，只觉整个人都软绵绵的。

顾风又凑近用鼻尖轻触了一下她的鼻尖，揶揄道："也对，反正亲了你明天还是记不住。"

"嗯？"女生茫然盯着他，没怎么懂。

"想睡觉了吗？"顾风眼中含着笑，耐心哄着她。见她点了点头，他才把她抱出卫生间，送回房间。

黑暗中，他俯下身摸了下女生的裤脚，果然被打湿了："知道怎么换睡衣吗？"

女生躺在床上点了点头。可光线太暗，顾风实在没看到，便又问了一句："可以自己换吗？"

"嗯嗯！"

"好，那自己重新换一套。"

他松开她，连哄带夸地在女生耳边近乎魅惑地轻声说了句"学姐可真厉害"，然后转身带上门心满意足地出去了。

第十一章

"没有人比我更希望你能赢。"

♥ Tian Mi Shang Xuan

1.

快早晨七点的时候，钟荧又迷迷糊糊去了一趟卫生间。然后出卫生间看到沙发上竟然还放有枕头和叠好的被子，她便懒得回房间了，直接躺在沙发上，然后扯开被子盖上又继续睡了。

再然后也不知过了多久，她忽然轻声打了个喷嚏，算是被冷醒了。

一直在旁边百无聊赖翻着数学练习册的温铃也不再给钟荧翻身睡回笼觉的机会，她直接兴奋地倒在了表姐的怀里，满是星星眼："荧荧姐，你和顾风哥昨晚就是这么抱着睡的吗？"

一动不动的钟荧好像反应了很久，才扭动了一下身子，给表妹腾出了更多的位置，她声音细细的："顾风昨晚来我们这儿了？"

闻言，温铃愣了一瞬，她只觉内心一下子复杂不已："对啊，昨晚，就在这儿，顾风哥喂你喝了水，而且也是睡在这张沙发上的！最重要的是，半夜我醒来，发现你不在房间，顾风哥也不在沙发上睡，但卫生间的灯是开着的，明明就是你们两个……你们在卫生间做着什么很重要的事！"

钟荧忽然心跳加快了起来，黑白分明的眼眸里满是无奈："可我不记得啊！"

她怅然吸了吸鼻子，然后慌乱地跑回房间，拿起手机，垂着眼发送了一条消息。

萤火虫：昨晚那么薄的被子，冷到了吧？

钟荧坐在床边，就这么安静地等了一会儿，还是没收到回复，他应该是在训练。

十一点半，钟荧和表妹在厨房与一条鲫鱼做斗争的时候，手机的呼吸灯才亮了起来。

Feng：不冷。

Feng：热。

钟荧不禁唏嘘了一声，还有点小佩服，男生的体质就是好啊。

A 市的深秋要更冷一些，到 12 月的时候，天黑得就更早了，整个城市都吹着冷冽干燥的风。

钟荧在温暖的会议室里，时不时看向通透的窗外，窗外也无非是鳞次栉比的高楼大厦，镜面玻璃闪动着光点，那是城市傍晚的灯光。

结束了下一期录制安排的会议，钟荧很快收拾好东西就坐电梯下楼了。电梯往下降的时候，她又轻呼了一口气，觉得自己好像太过着急了。

半小时前，有十天都没联系的顾风又重新跳到了微信的最上面。

Feng：什么时候出来？

出来？出电视台吗？

萤火虫：原本现在就可以离开的，临时又通知开会。

Feng：嗯，我在楼下。

钟荧出了电视台，只觉空气一下子都变冷了。她摸了一下脸，气温应该比昨天又降了一两度，然后再走出几步，就看到影影绰绰

的昏黄的路灯下，站着背着网球包侧身等在前面的顾风。

灯光打在他一袭深蓝色长款风衣的肩上，柔和了男生整个清俊的身形。

顾风微微抬了下眼，就站在原地，等着她一步步走近，然后才微微张了张嘴，低头看她，瞳孔中映出的都是她。

"想吃什么？牛肉火锅？"

是来请她吃饭的？因为……因为他和那个女生在一起的事？

钟荧有一瞬的大脑空白，晚风吹得她脸颊生疼，哪知男生就像是知道她在想什么似的："我和林白水就是普通朋友。日料？烤肉？"

"嗯……日料吧。"像是被揭穿了心事，钟荧有些心虚地低了下头，"这附近就有一家，同事聚餐有时就爱去那儿……"想了想，她又很快地补充了一句，"但是现在他们应该不在。"

"好。"

工作日，电视台的工作人员大多都是匆匆解决了晚饭便回家了。

两人就这么安静地走着，谁也不再说话。毕竟钟荧满脑子都还是之前在网球馆的不欢而散，她当时吃着莫名其妙的醋。其实她并没有像微信上说请吃饭那样，表现得那么大度。

很快便到了日料馆，顾风推开门，等钟荧进去了，他才沉默地跟进去。

店面不大，特别是还零散地坐着几个人，有一搭没一搭地说笑聊着天，就更显得窄了。

老板是个中年大叔，在料理台瞅了一眼看到是钟荧，又继续笑着埋头做寿司："还是老一套吧？"

"不是，还有一个朋友……"

"麻烦就给她来老一套。"钟荧很自然地坐在料理台边，没想到身后的男生也跟着说了话。

她侧头看他，他也正好在她旁边坐下，顾风身后还背着球拍包，应该是训练完就过来的。

"那是一人份的，应该不够。"

为了方便身后的人能走过，顾风很快便把球拍包取下，靠在了腿边的料理台下："我吃过了。"

啊？那为什么吃过了，他还来请她吃饭……钟荧虽然有些诧异，但还是很快吐了下舌头，回头看向老板："那就少来一份三文鱼军舰寿司……我今晚不怎么饿。"

老板笑着点了下头，瞥了眼她身边的大男生，没想到大男生也在低头笑，也应该很是了解钟荧的胃口。

寿司被摆到了台上，钟荧独自默默地吃着，心里却想的是这不还是和一个人来吃没多大区别吗……这么想着，她把还剩下一个鱼子军舰寿司的盘子推向顾风，然后把还剩下两个青瓜小卷的盘子也推向他："你吃……"

正推着盘子的女生却忽然被人揽了肩，然后脑袋直接靠在了男生的肩上。偏偏盘子里的小卷也因为滚动，掉了下来，而顾风则淡淡地看了眼刚才进来的几个背着包的年轻人，那黑色背包差点扫到钟荧的头。

等他垂眸再看向钟荧的时候，她正愣愣地盯着自己下意识接在手心里的小卷。

钟荧从他的肩头离开，正准备将小卷放到一边，手腕却被顾风抓住了。他握着她纤细的手腕，移向自己的嘴边，很快吃掉了她手

中的小卷："你继续吃吧。"

见状，钟茭闪着眸子收回手，只觉手指上还满是触碰到他嘴唇的触感，她觉得心里痒痒的。

那几个年轻人没进来之前，顾风原本在不停喝水，他刚刚注意到精致的壁灯下，女生的侧脸还能看到细细的汗毛，而现在，她的脸颊上正慢慢浮现出了一抹绯红。

顾风不禁觉得有些好笑，怎么清醒时和醉了的时候道行差这么多？

因为这么点小事，她又脸红了。

2.

出了日料馆，顾风招了辆出租车："去琳美网球馆。"

钟茭原本以为他是准备把自己送回去的，车窗外接连闪过刺目的车灯，她侧头看了眼坐在身旁的顾风："这么晚还练习吗？"

"去看我比赛。"他在低头发短信，这时候让那个人出发也差不多了。

"现在？那你比赛前热身了吗？"

"我是跑来电视台的。"

钟茭又沉默了一会儿："私人赛？很重要的比赛？谁提起的呀？"

毕竟没有什么公开赛是在晚上进行的。

"我。"顾风按掉手机屏幕，偏头看向她，"希望我赢吗？"

四目对视之间，钟茭忽然对他笑了："我怎么可能会不希望你赢呢。"

她笑得很清甜，而且也觉得真的很好笑，他怎么会问出这样的问题呢。

琳美网球馆是 A 市最大的室内网球馆，顾风在更衣室换好了衣服，又走在前面，带她经过了一间超大的拥有五个网球场的网球室。

网球室的门没关，钟荧朝里面看了一眼，没有一个球场是空的，场边三三两两站着一些人，每块场地都有人在打球。

钟荧跟在顾风后面，光是从过道穿过这间超大的网球室，便感觉走了足足三分钟。

然后在一间稍小的网球室前停下，顾风推开门，她好奇地从他身后歪头看去，这是一间只有两个球场的网球室。

两个球场横向并排着，中间是两把高高的裁判椅。

四周的墙砖是光亮的木质结构，还开了很多个四四方方的窗子，夜晚看过去是黑黢黢的，但是顶上一排排的灯非常明亮。

开门进去的第一个球场里都是她不认识的人，她又看了一眼靠里边的球场，然后就愣住了，十分好奇地问："和顾屿然比？"

"对。"看到钟荧不太自然的表情，顾风的神情也不再像刚才那样轻松。

"为什么要和他比？你们现在不都是国家队的吗？我记得之前他怎么挑衅你都不愿意的啊？你们的赌注又是什么？"一连串的问题冒了出来，钟荧看不出这场比赛的意义在哪里。至少在她看来，顾屿然生来就是打网球的料儿，而顾风也已经跨进国家队，不论谁输谁赢，都不像是个好结果。

"现在看到对手了，你还希望谁赢？"顾风回头对她笑了一下，那笑意却未达眼底。

"为什么要有这场比赛？"

两人已经一前一后来到了网球场，顾风的神色又变回了往常的锐利和冷漠。

他把立起的拉链拉下，准备脱下外套入场，清俊挺拔的男生微微张了张嘴："你觉得呢。"

顾屿然也笑着走到了场上，他揶揄地看向了对面的顾风："终于有勇气和我对打了？"

顾风最开始并不是练网球的，而是一直在踢足球。

六岁的顾屿然嫌三岁的顾风很烦的时候，他一脚把足球踢飞，然后小风就屁颠屁颠儿地追着足球跑开了。

然后十二岁的某一天，矮个子的小风忽然硬拉着已经在青少赛上崭露头角的哥哥在小区里 PK 打网球。

那是顾风第一次主动找他，也是到目前为止唯一一次，顾屿然还真的就很耿直地问了一句："要我认真点儿吗？"

小顾风虽然个子矮，但心气却很高："当然啊。"

"OK，搞不懂你是哪根筋出问题了。"

然后十五岁的顾屿然懒洋洋打了个哈欠，开始认真正视这场比赛。

根本不给顾风连贯的来回接拍，而且但凡是顾屿然的发球局，顾风想都别想碰到球，哥哥有的是技术在一局之中不带重样地收拾他。

顾风本来就不高，还很瘦，被折腾得左右两边跑，他累得满头大汗……这才知道原来网球还可以这样打。

十二岁的小风被虐暴了，完败。

当时正好又进来几个瘦瘦高高的大学生，比顾屿然还要高一点，他们像是看好戏似的停留了一会儿，直到他们都看不下去了，终于忍不住嘘了一声："喂，欺负小孩子有什么意思。"

闻言，顾屿然干脆用手接住了小风打过来的软绵绵的球，他轻笑了一下，摆了个"请"的姿势："你们来，欺负大学生才有意思对不对。"

这话实在是太欠揍了，其中一个面色很黑的大学生几乎是一点就炸，直接大步跨到了对面的赛场："臭小子你真是不知天高地厚！"

但是为表同情，黑大个儿还是很客气地对小风说："你在一边等着，哥哥帮你好好教训他！"

小风努力仰头看向黑大个儿，表情变化莫测了好几秒，最终还是没忍住说出了口："算了吧，你不行的。"

这下，黑大个儿眼神立马就变了，他这么多朋友都还在这儿看着呢，自己居然被一个小屁孩儿看不起！

他又羞又愤："没良心的小矮子快给我走开！"

"……"

小矮子撇了下嘴走开了。

然后，接下来的半个小时，应该是黑大个儿这辈子都不愿再回忆起的惨状，因为学了十二年网球的他，遭遇了和刚才小矮子一模一样的碾杀！

顾屿然不懂得给自家弟弟放一放水就算了，而且还把比他大好几岁的男人们打得落花流水到怀疑人生的地步！

小风原本是坐在一旁的椅子上，神情淡漠地晃着小腿，到后来小腿也不晃了，挺直了背，目不转睛地注视着场上的顾屿然。

　　他灵活，有体力，接球的动作更像是刻到了骨子里，已经潜移默化到连肌肉都记住了挥拍的轨迹。这么久，一个一个地换着几个大学生 PK，却还没有看到过顾屿然没办法接到的球，特别是刚刚对手超常发挥，来了个快速的中间线低球，在小风都还没反应过来的时候，顾屿然已经将球拍背在身后，轻轻一挥，来了个胯下击球，迅速破发。

　　他永远气定神闲，作为天才还疯了般地刻苦努力，没人会不害怕的。

　　十二岁的小风在那一刻既害怕顾屿然，又被他所吸引。

　　3.

　　而此时的顾风转了转手中的网球拍，眼神坚定："终于有时间和你对打。"

　　顾屿然眯了眯眼，嘘了一声，那就再试着挫一挫弟弟的锐气吧。

　　还好是私人赛，也几乎没人知道竟然连钦点两人先后进国家队的郑教也在现场，正戴了一顶水洗鸭舌帽站在钟荧身边，否则一定会把网球场围得水泄不通。

　　但是显然郑教对这场剑拔弩张的比赛很感兴趣，他双臂环抱，晒黑的皮肤到现在还没白回来："队友之间的友好切磋很正常，而且他们两个之前还没有过正面交锋，光是赌上之后巡回赛的首发位置就足够他们在今天拿出充足的实力了。"

　　钟荧在郑教旁边听得瞠目结舌，没想到他们的赌注竟然是巡回赛的首发！

　　钟荧应声望向场上的顾风，每次一上场都很难琢磨透他的态度。

顾风只是用球拍打着网球，网球弹起又落下，因为低着头，灯光下细碎的短发为男生的眼前蒙上了一层阴影。

钟茭曾一直以为那样的顾风带着一股戾气，后来她才清楚那不是戾气，而是与他年纪不相符的冷静。

而反观对面的顾屿然，则是永远的气定神闲。

比赛正式开始了，钟茭焦灼地看着双方，不知何时已将手攥紧成拳。她咬了下嘴唇，心里涌出一股担忧，不论结果如何，最后她都要好好说一顿顾风，这个赌注下得太轻率了！而且还不负责任！

顾屿然因为年少就进省队，参加的各种比赛自然就比顾风要多得多，他心态放松的时候特别危险，就像现在。

第一局顾风先发球，谁先赢下三局，谁就获胜。

然而才过了十多分钟竟然就产生了 1：1 平的局面。

顶上灯光明亮而精致，在短暂的发球时间，两人对视了一眼，眼波暗流涌动，这一场，双方怕是有得辛苦了。

网球室外有些嘈杂，有击球的声音，也有击球时运动员发出的轻呼声。而这一边刚刚结束休息，并且在 20 分钟后竟然再次出现了 3：3 平！

钟茭看得揪心，这样长时间的持平真是太难见了，她惴惴不安道："郑教，他们两人现在已经到了旗鼓相当的水平了吗？"

郑教锐利的眼风直盯着两人："再优秀，旗鼓相当也显得毫无意义，我们看的是胜利，对吧。"

是啊，虽然很残忍，但这场比赛比的就是谁更厉害。

钟茭都跟着场上的两人变得焦灼了。

但是顾屿然这时候竟然还笑得出来，他仰头，飞快地打了出去，

仍然难掩眼光中的一丝诧异："就这么点儿能耐？"

顾风也毫不客气地回敬他："先破了我这点儿能耐再说话吧。"

硝烟味十足。

双方互不相让，态度强硬，网球一人一局的发球局，他们几乎都能在各自的发球局获胜。不是顾屿然频频打出漂亮的爆发球，用超快速度让顾风无力接住，便是顾风发挥了左手球员极致的旋转，打了个内角球，让顾屿然措手不及。

比分很快就到了 5 : 4，顾风是 5，很明显，顾风又在发球局拿下了一局，而下一局便是顾屿然的发球局了。

他们又休息了一会儿，一直出现这样你追我赶的情形就相当于增加了整个比赛的局数，比赛时长变长，也在不断消耗彼此的体力。

这个时候谁拥有更持久的体力就显得很重要了，然而体力，是在平时训练中不断积累出来的，不可能一蹴而就。

当然，可能两人都没料到会是这样的战况。

两人埋着头，快速喘着气坐在长椅上休息。

气氛异常沉默。

顾屿然喝完水正拧着瓶盖，却忽然像是有话要说似的看了眼身旁的顾风。顾风察觉到视线，也抬头回应他，但是顾屿然微微张了张嘴，又冷淡地移开了。

还是把仅剩的体力都留在赛场好了。

"战术和体能让我在一场比赛就差不多摸清楚了，还是嫩了点儿。"

钟荧偷看了眼郑教的神色，他虽然这么说着，但好像看得很是有滋有味嘛……

比赛继续进行。

顾屿然很快便改变战术，开始用正手打重复落点限制顾风的移动，虽然跑不出自己的节奏，但也能将顾风压到离场地更远的地方。然后猛然打出一个网前的快速球，让他根本没时间跑回接球！

比分僵持到了 6∶6，需要抢七，需要净胜两局才算获胜。

钟荧不停地扫着墙上的挂钟，他们已经快僵持两个小时了，顾风的体力……

现在又轮到了顾风发球，顾风想要赢，不仅要拿下自己的发球局，还必须赢下顾屿然的发球局才行。

可是顾风打出的第一球便压线了。

他现在已经在大口喘气了，上衣被汗水濡湿了一大半。顾风的喉结微微滚动了一下，又在地上弹拨了几下网球，随后将球抛向半空，凌厉地打了出去。顾屿然险险地接住，两人开始了颇费体力的往复接球。

顾风的反拍节奏相当快，他在试图逼迫顾屿然切球或者慢节奏地接球，可是顾屿然不给他机会，而是用反拍反弹的力道打出了距离，也直接直线穿越了守在前端的顾风让他无法接球，拿到了这局的第一个 15 分。

钟荧在这头看得眉心都拧紧了。

两人在场地上来回奔跑，网球划过半空带动的风声都能听出选手是有多卖力地在进行这次比赛。

大汗淋漓的氛围中，顾风再胜一局！

到顾屿然的发球局了，顾屿然想保，顾风想赢。

现在两人还在相互接拍，顾屿然的速度越来越快，他想斜线转

直线变成快节奏发球。

可是顾风非要剑走偏锋，他尽可能把上旋拉得更充分，最后看到他后仰着跳起来接球的时候，钟荧紧张得连呼吸都忘记了。

因为后仰看不到场地位置，他必须有清晰的方位感来判断是否会压线和对手的方向。

她也随着网球飞驰的轨迹转动着脑袋。

整个世界都像是安静了下来。

然后，随着网球重重的落地声，顾风打出了从右上角到左下角的完美弧线！

顾风 7 : 5 获胜！

真是太好了！

钟荧满是兴奋，开心地为他们俩鼓掌，两个人都太棒了，都说顾屿然是天才，那顾风就是打败了天才的人！

两人都喘着粗气坐在长椅上，把毛巾搭在膝盖上休息。

彼此都没说话，没有力气，也有满脑子的思绪需要理清。

终于，顾屿然抬了下头，胸口微微起伏着："你赢了。"

"这一次而已。"

顾屿然轻笑了一下，中场休息的时候他就想说出口了，觉得这小子是真的沉得住气，居然按捺住了浮躁等了这么久才再向他挑战："还想赢几次啊？"

顾风眼角也含着笑，神色明朗："每一次。"

闻言，顾屿然站起身把毛巾扔在他身上："想得美。"

顾屿然又难得拘谨地走到郑教身边："郑教，我们走吧。"

郑教却等都不等他，转身离开了，还悠悠地冷哼了一声："想得美，谁愿意和输了的一起玩。"

"喂喂喂，那队里其他的都是我手下败将，你怎么还连哄带夸地带他们啊？"

"因为你长得丑呗。"

顾屿然彻底不高兴了，二十二年顺风顺水的人生里他就没听到过这么一句话。

"郑教你即将失去我这把一米八五能上天入地的大长刀……"

4.

等郑教两人走了，顾风侧了下头，正要看向一旁的钟荧，哪知女生已经无比激动地向他跑来了。

她蹲在他身边，满心欢喜地仰头望着他："顾风，你好厉害啊。"

另一边的球场终于停下了不断击打的网球声响，他们也应该准备收拾着离开了，已经快到闭馆的时间了。而顾风还在轻微地喘着气，他垂眸看向她，看了好一会儿，眼中一点一点地缀着灼人的光："我现在回答你为什么。"

他静静地欣赏着钟荧因为自己而变得失焦的目光和牵动着的喜怒："这个程度我离开了，你才会想我吧。"

钟荧听得愣愣的，睫毛微颤了下，然后看到男生坐的长椅边还放着一条蓝色的长毛巾，她忽然扯过来搭在了自己的脑袋上，垂下来的毛巾快遮住了她整个后背。

女生低着头，让顾风更加看不清她的神色，是太冷了吗？

然后便听到了她柔柔地轻声问道："小风你可以和我谈地下恋吗？我真的已经忍不住非常喜欢你的心情了……"

钟荧用毛巾遮住自己，就是因为害羞，好像等了一会儿，也并没有得到对方的回复。她更紧张了，是不能接受地下恋吗，还是对她就没这个意思……钟荧只觉手指里的血液好像都冰凉了起来。其实也不过两三秒的时间，却让她觉得漫长得像是度过了一个世纪，她的声音越来越轻，越来越没有底气："除了不能公开，我会对你很好很好的……你好好考虑一下可以吗……"

拜托了……

然后她便感觉脑袋上的毛巾被人掀了起来，她仰了下头，顾风正垂头看着她，掀起又落下的毛巾也遮住了顾风，他在毛巾里，偏头咬住了她的嘴唇。

是一种，如愿的温柔和浓烈。

空旷的网球室很安静，能隐隐听到外面走动说话的声音，却像是隔着两个世界似的，很不真实。

钟荧呆愣地任由他亲吻着，她有些喘不过气，心里一阵悸动的酥麻，让她呼吸急促得无力招架。

顾风俯下身，她蹲着的姿势有点难受，于是他干脆握着她的腰，将她抱在了自己的腿上，然后，微微仰头，想要继续吻她。

钟荧却迷离着眼，别过头躲开了，然后又回过头看他。她通红着脸，只觉嗓子口有一股不上不下的痒："顾风……"

"好。"

男生却抓住了她回头的时候，又轻柔地吻了一下她的嘴角。

"嗯？"钟荧本来还想问"好"是什么意思，却心猿意马了好一会儿也说不出话来。顾风还在细细密密地吻着她，从小巧的嘴角又一点点地移向她软软的耳垂，他刻意压低了声音，哑着声说："我们谈地下恋。"

他本以为算上在卫生间的那一晚，今天应该是他第二次表明心意想要追她。

没想到还亲耳听到了她的告白。

而且还是"非常喜欢你"。

非常喜欢他。

顾风离开她的耳垂，极深情温柔地看着她，好像怎么也吻不够，但他不想吓着她。

"我很高兴，阿荧，"他顿了顿，沉沉的声音再次响起，"只有你能让我这么高兴。"

天哪天哪，快来个人阻止一下她想要飞奔的喜悦。

钟荧又害羞又惆怅地咬着自己的下嘴唇，她不好意思地滑下他的大腿，噌地站起来，然后掀开了毛巾，虽然内心满是幸福的滋味，但总觉得虽然确立了关系可这一切来得也太快了……

又是接吻，又是坐大腿……

钟荧故作镇定地问着，却还羞涩得不敢直视他，眼睛只敢平视着，落在他的胸口处："是不是快闭馆了？"

顾风点点头，时间确实不早了。他很快调整好心绪，把球拍装好，又拿了椅子上的两条毛巾，然后回头看她："你走前面。"

"啊，好。"

本来还想走后面偷偷多看几眼他的背影，但她还是点点头，往前走，然后刚走出这间网球室的门，她就忍不住回头看他了，他跟在自己身后两米左右，身形修长背着球拍包，正好和她的目光对视上，他可能也在一直看着她。

但是出了网球室，通道里一下就喧闹起来了，钟荧赶紧回过头自顾自地往前走，身边都是有说有笑结束了训练的网球爱好者，有些在更衣室停下了，有些直接往出口走。

还没走到出口呢，钟荧便看到熟人了，并且那熟人也看到了她，把她吓了一跳。那是副台长，副台长还很惊喜地朝她走来："荧荧？你也喜欢网球啊？"

"嗯嗯。"

副台长是个干练的女人，她身后也背着包。她过来拉着钟荧一起往出口走，钟荧好怕她一个不经意的回头就看到了顾风……但还好她并没多心。

"待会儿我女儿来接我，我们顺便把你送回去吧。"

闻言，钟荧飞快地朝身后看了一眼……可并没看到顾风，可能去更衣室换衣服了，她又笑嘻嘻地回过头："谢谢台长，没事的，我自己打车回去就好了，很近。"

副台长拉着她在馆外的路边停下，晚风夹着湿气，吹得人又冷又清醒。

衣兜里的手机振动了一下，钟荧装作不在意地摸出来，看了一眼。

Feng: 我在你后面。

她正要回头，手机又振动了。

Feng: 不用回头。

Feng: 我等你。

萤火虫: 今天是工作日，表妹不在家。

"别说了啊，待会儿一起走就行，对了，你和陈远还好吗？"副台长也在低头看手机，应该是问女儿到哪儿了。

"啊？"女生刚刚将信息发送过去，看来是不能和顾风一起走了……

闻言，钟荧瞳孔有一瞬的失焦，她茫然了一会儿，又很快反应过来："我和陈远不是那种关系……"

副台长抬头看了她一眼，轻微地叹了口气："好吧，其实史希望你们这对 CP 是真的，虽然你都这么说了，但是为了节目效果，可能还是需要你们继续炒 CP。主持人也同样需要用作品的口碑和收视率说话，等你们能力够了再说其他的，但是现在趁势头正好，我还是希望你们能有更好的配合，也别在网络上很早就澄清了，明白？"

副台长都这么推心置腹了，钟荧仍然沉默着没说话，有点为难，因为陈远，也因为支持他们的粉丝。她原本就没想过靠炒 CP 进入主持界，虽然现在无数新人挤破了脑袋想要靠各种方式进入电视台。

她会把最好的状态呈现在舞台上，但不会靠搞暧昧来博取眼球。

"啊，来了来了，快走吧。"

钟荧很快回过神，一脸不舍又充满歉意地回头看向身后的顾风。馆外的灯几乎都暗下来了，顾风孤单的身影也融入了夜色中，看不太清晰。没一会儿，她察觉到一直原地不动的男生朝另一边走去了。

他肯定不高兴了……

钟荧郁郁地叹了口气，想也没想便惆怅地说出了口："我好舍不得这风的。"

闻言，副台长被逗笑了，她让钟荧先上车："哎哟，我们的荧荧都快被冻傻了，这北风明明冷不溜秋的。"

"……"

5.

"嘿,钟荧,眼熟我吗?"

钟荧刚坐上车,驾驶座上的女生便回头朝她打了个招呼。钟荧诧异地抬了下头,昏暗的车内还有些看不清女生的面容。副台长也坐上来,她关上门,舒服地靠在副驾驶座上闭目养神:"澄澄,别闹啊,你是跑体育的,荧荧是综艺主持,都不在一层楼。这是我女儿陈澄。"

"你好,陈澄。"

虽然陈澄已经回头挂挡开车了,钟荧还是朝她友好地打了声招呼。陈澄一边扶着方向盘,一边从后视镜笑着看了她一眼:"好像你们那档节目再把花滑和滑雪录了,第一季就结束了吧?"

"还有一个射击。"

上了车,钟荧才又赶紧看了眼微信。

Feng: 想让我跟上楼?

Feng: 去做什么呢?

22点03分,女生咬了下嘴唇,这话明显是接上一句"表妹不在家"的,她也不知道当时下意识回复过去脑子里想的是什么……

Feng: 有人送你我就回队里了,到了说一声。

车内光线昏暗,只有车窗外时不时漏进几束微光。

萤火虫: 知道啦。

钟荧的心里都被幸福占满了,他们这是真的在一起了啊。

"那安排得还很满啊,但也算是认识很多体育明星了。我在外面跑比赛采访,不得不说,他们真是我们的骄傲。"

"嗯,其实我们的节目也算是普及体育知识,能做《极限冠军》

的主持人真的很幸运。"陈澄似乎一直在找话说，钟荧也只好打起精神陪陈澄聊天，虽然她只想和顾风好好聊天……

思绪还在晃荡的时候，又进来一条消息。

Feng：**我听到了，你说舍不得。**

"……嘿嘿，但其实私下也应该还和一些体育明星有联系，之前来录制网球的弟弟，叫顾风的，录制完你们有留联系方式吗？"

啊？

钟荧这才下意识地关闭了手机屏幕，那一瞬竟然还有点慌，又有点不自在的沉闷。

握在手里的手机又振动了一下，呼吸灯也跟着亮了起来，但她没点开。

"澄澄，你别告诉我这才是你绕了一大圈子最想问的事？"就连坐在副驾驶的副台长都看出自家女儿的心思了，副台长喝着保温杯里的水忍不住轻笑了下，"我记得那男孩子还不到二十岁吧，你怎么想的？"

陈澄把碎发别在耳后，虽然觉得难为情，但机会难得啊，而且有老妈在，钟荧也应该不会随便糊弄她。

"这个认识一两年就到合适的年纪了呀，荧荧你说对不对？话说荧荧你有他微信什么的吗，或是电话号码，不过，他一般也不会接陌生人的电话吧？"

又问她了。

就连副台长这回也连连叹了几声"果然是小鲜肉的时代啊"也就没再说什么了。

"有啊，我找找。"

还好后座没什么光线，钟荧低头点开了屏幕，虽然没点开顾风的微信，但也看到了消息。

Feng：温铃有和你说，那晚在卫生间的事？

见状，女生的手指悬在屏幕上，沉默了好一会儿，终究还是不舒服地有了一点点小心思："我给你，但是他加不加陌生人，我就不知道啦。"

闻言，前面的陈澄好像笑了下，信心百倍地转了个弯停在了钟荧的小区楼下，她拿出手机点开了"扫一扫"凑过来："我就说是你朋友？"

钟荧点开了顾风的二维码递过去，她也在笑，眼中浮动着坚定的星光："谢谢你们送我，晚安。"

而直到回到队里，顾风还没收到任何回复，他把背包挂在墙上，又把手机扔在床上去洗澡。

他想了好长一段时间认为钟荧还是应该需要知道这件事，否则她回去了肯定多想，突然又觉得今天在球场上的事是不是来得太突然了，毕竟最初拉快整体进程的可是她自己。

顾屿然串完门回来，就见顾风正好一身清爽地出来。

他挑着眉，很是激动地搭上了顾风的肩："怎么样，勉强赢了我，又抱得美人归的心情是不是很是荡漾？"

"嗯，"洗了热水澡，顾风整个人都放松下来了，他毫不客气地点了下头，"很爽。"

这话一出，顾屿然眼睛都亮了："真在一起了？什么时候的事？到哪一步了？"他顿了顿，只觉越想越不是滋味，"唉，姗姗这时候肯定也想我了，可我又不能立马出现在她身边……"

顾屿然自顾自地说着又走开了，他躺回床上倒腾手机，不一会儿就响起了拨打微信视频的声音，刚响两声就被挂掉了。

顾风在这头没忍住，不厚道地笑出来了。顾屿然赶紧抢话："在给咱妈打电话呢，爸妈应该都睡了。"

顾风没回话，就只是默默转换成了扬声模式，然后点开了一分钟前收到的语音："小风哥哥呀，你们冬至回来吗？回不了的话，元旦回来吗？妈妈好想你们啊……"

他把手机拿到嘴边，似笑非笑地看着对面一脸无语的顾屿然，少年的声音干净而润朗："妈，我们元旦之后回去。"

躺在床上的顾屿然原本一脸铁青，正咬牙切齿地想着这小子真不是个善茬儿的时候，他也收到了一条语音，是姜明姗的。

他也赶紧转换成扩音模式，然后忐忑地点开了语音，可爱的姗姗一定要给力啊，最好来个晚安么么哒什么的……

"你的小可爱已经睡啦！Biubiu！"

啊啊啊，他的姗姗果然好样的，太给他面子了！

顾屿然激动得跟什么似的，听得他心花怒放，但他偏还要忍住心中的波涛汹涌，故作淡定地咳了一声："不好意思啊，怎么就是扩音模式了……"

顾风简直不想理这么幼稚的顾屿然了，他起身刚关了灯，顾屿然又不乐意了："这不还早嘛。"

他语气淡淡的："我还在长身体，你就不一样了，毕竟长不动了。"

"……"

躺回床上的时候，手机上方的呼吸灯没亮，但他还是点开了微信。

哦，对，好像刚才有人加他，他这才记起。

男生点开联系人，验证消息——"钟荧的朋友。"

顾风微眯了眯眼，什么朋友？怎么没听她提起过？想也没想便拒绝了。

正好进来一条新消息。

萤火虫：没有。

是回复他一个小时前的内容。

钟荧原本趴在床上躲在被子里有气无力地哀叹了好几声，忍不住想着小风的魅力就这么大吗？好不容易走了个林白水，又来了个陈澄，交往对象是网球天才，好像还真是防不胜防啊……

Feng：你吻了我。

……

钟荧的心又无可避免地悸动了一下，她很快便全身发烫地觉得很是羞耻地把这条回复删了，可没过一会儿，她又后悔了。

萤火虫：你再发一遍……

Feng：你吻了我，还想扒我衣服。

这下，钟荧彻底不回他了。

第十二章

"以后感动的事都让我来做，
可以吗？"

♥ Tian Mi Shang Xuan

1.

"前面路口左转，然后一直走，"电话那头的声音顿了顿，忽然问了句，"不冷？"

啊？

钟荧原本在跟着顾风的指示一直往前走，这下干脆一边走着，一边悄悄瞟向了对面的街道。男生有着拔尖的身高，因此在行色匆匆的路人中尤为显眼，但他今天戴了顶鸭舌帽，又正是在昏黄的夜幕下，只知道他在那儿，别的什么也看不清。

"把围巾围高一点，待会儿有的是时间让我看你。"

"哦。"

好像被发现了，她之前故意把围巾拉低又拉低，想让他看见她。

钟荧飞快地又绕了一圈围巾，刚才被风吹僵的脸蛋好像才一点点恢复了知觉。

"看到前面的美发沙龙了吗，进去等我。"

"好。"

钟荧略一抬头，便看到了在繁华街边显得格外素雅的理发店。店面不大，店外的壁灯层次分明地亮着，她推开门，接待员立马微笑着迎上前："是预约今晚八点理发的钟小姐和顾先生吗？"

钟荚点点头："嗯，他马上就到。"

原来一早就预订好了啊，明明打电话约她还是半小时前的事呢。

钟荚刚取下围巾坐下，然后下意识地向门口望去，便见男生推门而入。冷风猛地从门口灌进来，显得一身黑衣黑裤的顾风更加冷酷了，男生垂了下眼眸，和坐在转椅上的钟荚目光相触。

钟荚抿了下嘴，而后是止不住的笑意："你要剪头发？"

顾风就站在钟荚的身后，伸手揉了揉她的头发，顺便透过镜子看向他和钟荚两人，嗯，是还挺般配。

"我头发有点长了。"

"可这样也很好看啊。"

男生微扬了扬嘴角，他当然知道自己的颜值还是很能打的："那我还剪吗？"

钟荚瞟了一眼已经在旁边微笑着等了一会儿的理发师，她其实也很期待，轻声回了一句："但是你剪短了一样好看，真的。"

闻言，顾风忍不住低头轻捏了一下她的脸蛋，忽然有点后悔，难得的见面果然还是应该就约在只有两个人的家里，现在有了点想和她亲近的冲动还得忍着："那你在这儿等我。"

"嗯嗯。"钟荚把下巴靠在椅背上，乖乖地答应下来了。

见他走上了楼，女生才大致瞟了眼美发店里的装潢，是古典欧式风格，或许是预约了整个时间段，店里只有他们两位客人，否则刚才两人也不会表现得这么亲密。

店内放着轻缓的外文歌，钟荚安静地听了会儿便有了困意。

她和陈远一直在赶录制的周期，《极限冠军》自播出以来，尽管第一期收视率平平，但也有好几个瞬间破了一，之后的几期便渐

入佳境。观众既能了解自己所喜爱的体育项目，并且又是非常喜欢的两位主持人，因为他们有超强的默契度和 CP 感。

这毕竟是她和陈远主持的第一档综艺节目，他们也没有在节目里有任何的肌肤接触，钟荧认为这些所谓的默契和 CP 感，其实只是两个主持人之间最基本的配合。

她和陈远能主持得开心，观众也乐意看，她就已经很满足了。

所以最近没能休息好。

然后，睁眼的瞬间钟荧才郁闷地意识到自己刚刚果然还是睡着了，偏头的那一刻她愣住了。因为从明亮的镜子里，她看到身旁的顾风正坐在转椅上一边低头看着手机，一边用左手托着她耷拉下去的下巴，男生应该剪完头发了，毕竟已经重新戴上了鸭舌帽。

她一定睡了很久……

于是愧疚不已又感动万分的钟荧就着这个姿势小心翼翼地亲了下男生的手心。

然后顾风一下便抬眸沉沉地看向她："醒了？"

可能也意识到自己的音色太过沙哑，顾风掩饰性地清了下嗓子，收回了僵硬到快无法动弹的左手起身，他轻微甩了下有些发麻的手，然后靠近她，帮她围上围巾："走吗？"

"嗯。"

钟荧点了下头，任由顾风拉着她的手，将她带出了理发店。

夜晚呼呼的北风瞬间带走了女生的困意，她有些怔忡地看着两人相牵的手，他的手心很温暖，光是交握在一起就让她心跳加快了。明明之前各种姿势也抱过了，还接吻过，但是牵手这才是第二次："我睡了很久吧……"

"今晚温铃不在家？"走在前面的男生忽然回头意味不明地问了句。

"对啊，今天才周三呢。"

交握的双手被男生变成了十指相扣，他停下了脚步，眼角带笑地低头看她："那我今晚不回去了。"虽然两个小时前，在离开体育中心之前他还没这么想过。

闻言，钟荧下意识地接了一句"可以吗"，但很快又似乎秒懂了他想做什么，她连忙心虚地补充了一句："不是，还不行……"

直到现在被她吻过的手心都还痒着，连带着一直疲于训练的心也难耐地痒了起来。他又靠近她，温柔地抚摸着女生的脸，顾风压着声极诱惑地说着："可以明天一大早赶回去，我写检讨，体罚也行。"

冬日的街道行人稀少，只有道路上接连闪过的刺目车灯才让这个夜晚显得不那么萧瑟。顾风见灯光下的钟荧似乎有所动容，她浓密的睫毛微微颤动着，他倾下身，贴着她的脸颊在她耳边轻声哄着："顾屿然也经常这么做。

"可以吗？"

虽然钟荧的呼吸有些急促，被他撩得心猿意马，连仅剩的一点理智都快轰然坍塌了，可她还是不舍地将他轻轻推开："小风你才刚进队这样不好，在你去比赛之前我来队里看你可以吗？很快就再见面了，一周之内好不好？"

就这么舍得他走？

顾风沉默了一瞬，看来心里渐燃起来的星火只能靠自己把它熄灭了。有点难熬又有点焦躁无措，这算是他第一次循序渐进跃跃欲

试的进攻，然后就这么失败了？这算是人格魅力还不够？

他沉着眼眸迷乱地看着她，手指指腹在她的红唇上轻柔而迷恋地摩挲着，声音钝钝地磨着钟荧的心："不用来找我，什么时候想我了，我再来见你。"

啊？

被他折腾得嗓子眼儿里有一股不上不下的干痒的钟荧瞳孔却忽然微缩了一下，她咽了咽口水，怎么办，第一次正式约会好像就让他有点不高兴了……

2.

ATP 网球赛程一年四季都安排得满满当当，从 11 月中旬的世界巡回赛再到 1 月底的澳大利亚公开赛，超强度的训练几乎从未间断。一开始网球队的队员们还单纯地以为顾家兄弟是在为各种临近的大赛而烦恼，毕竟训练场上两个人都是一副"最好别惹我，不然把你打哭"的强大气场。

也就只有郑教践踏他们时，两兄弟才会温顺得像只卖萌的巨型海豚。

到后来他们才终于发现了端倪。

训练场上叱咤风云，到了休息时间两只高岭之花就像是瞬间融化成了一团无精打采的棉花，毫无生气。

但是今天，棉花弟弟还是那个棉花弟弟，棉花哥哥却好像变成了石头哥哥，因为两人走进食堂，顾屿然整个脸都是怅然的青黑色。

队员们只能默默地四散开。顾屿然走了一圈把自己喜欢的菜品都打了一份便怏怏地端着餐盘找了个位置坐下，顾风也很快就坐到了他对面埋头扒拉米饭。

顾屿然还在纳闷不可能这么快啊，至少今天不应该这么快的。然后又瞅了眼他的餐盘，一下了然了，原来是没打到那一道菜。

顾屿然用筷子痞痞地敲了下弟弟的餐盘，表情里竟然还有几分羡慕和怅然："去打一份红烧鲫鱼过来。"

顾风却连眼皮都懒得抬一下："不想吃。"

没心情，简直没心情，昨晚和钟荧竟然只通话了一分钟不到！前天一整天打了两个电话，时长加起来还不到七分钟；大前天女生好不容易主动打过来了，但他正在洗澡，就在浴室里接了，正如顾屿然说的那样，还不到五分钟就匆匆挂掉了。

他当时就不应该放狠话，等她想他，她倒是尽快软下性子撒娇让他去找她啊。

思绪还在乱七八糟冲撞的时候，没想到对面的顾屿然竟然猛地放下了筷子："我让你去打你就去，哪那么多废话？"

闻言，顾风这才淡淡地抬眸，睨了自家哥哥一眼："你想吃，不会跟我说个请字？"

他们两人最近都很烦躁，感情方面算得上难兄难弟了，但是顾屿然要比他更惨一些，上次和姜明姗见面还是一个多月前的录制现场，姜明姗在C市省队里。

"得，不打算了。"反正他也只能帮到这里了。

顾风没吭声，但吃了两口饭，还是起身默默地去帮顾屿然打菜了，唉，就当看他那么惨的份儿上。

顾风懒散地走到最里面的窗口："麻烦红烧鲫鱼来一份。"

"嗯嗯！"

好像听到了异常熟悉的鼻音，顾风心口一窒，猛然抬起头，便看到了窗口里穿着一身白色厨师装戴着口罩，澄亮的眼眸里泪水正在不停打转儿的钟荧，那模样委屈极了，像是忍了好久好久。

见状，顾风的心一下子就软了，虽然不知道她为什么会跑到这儿来……男生的喉结微微滚动了一下，他压低声音："待会儿我在后厨出口等你。"

见她眨巴了下眼睛，为了不让人察觉到奇怪，他只好轻咳了下，然后端着红烧鲫鱼回到了原位，这时顾风这才像是瞬间找回了魂儿似的，又从棉花弟弟变成了冷峻少年。

大男生还十分真诚地端起了菜汤："顾屿然，我敬你一杯。"

顾屿然却理都不想理他，冷哼了一声："别得了便宜还卖乖，爷不吃这一套！"

等其他后勤人员都离开了，钟荧才换下了工装，又裹成粽子似的，围上围巾推开了后厨大门，结束了一天的工作，这里得等到明早四点才又灯火通明。

冷空气扑面而来，但好像，并没有来时那么刺骨。

哎？

好像有什么轻柔的东西落在了她的头上很快便融化掉了，钟荧望了望深蓝色如丝绒般的夜空，夜空中正飘落着晶莹的、细小的雪花。

没看到顾风……但是停在前面角落的一辆宝蓝色跑车忽然打开了前灯，照亮了一小片区域，车灯前的白雪如棉絮般落着。钟荧想也没想便欣喜地跑过去，打开副驾驶座的门钻了进去，这是当初看车展的时候顾屿然买来送给顾风的车。

"惊喜吗，我可是拜托了顾屿然很久才答应的哦。"

钟荧打开车门的时候带进来一股寒气，她乌黑的头发上还闪着剔透的雪花。钟荧兴奋地报告情况，驾驶座上的男生却只是低低地"嗯"了一声，便拉过她纤细白嫩的手腕。为了给他一个惊喜，她应该在食堂忙碌了快两个小时，新晋当红的主持人就在那儿乐此不疲地为他们添菜送水。

"阿荧，以后感动的事都让我来做，可以吗？"

钟荧愣愣地看了他一会儿，然后才羞涩地抿着嘴应了一声："好啊。"

见状，顾风这才满意地点了下头，他倾着身，靠近她，给她系好安全带，湿热的呼吸打在女生的右脸颊上。近了看，顾风冷硬的侧脸线条真是性感啊，钟荧忍不住凑近轻轻地亲了一下他的下巴。

然后，她悄悄观察……顾风好像只是顿了下又继续埋头给她拉安全带了，并没有反抗的意思……真是太开心了，自己的男人想亲就可以亲到哎，而且还不用付出任何代价。靠这么近，那就再顺便亲一亲脖颈好了，角度方便也不用仰头……

"现在吗？"

"嗯？"

顾风稍微松了下手，手心里的安全带又一点一点地往上面缩回，要想做点儿什么的话还是不系安全带比较方便。说他特帅行凶也好吧，察觉到她想要亲他，他的确故意放缓了下动作，现在该他了。

他反手关掉了近光灯，外面落着雪，角落的车内却一片燥热。

顾风似乎很喜欢绵长的深吻，他很温柔却并不准备这么快就放过她，钟荧不一会儿便红着脸软软地靠在了椅背上。她害羞地推了一下

顾风，没推动，又扭了下身子，可上半身好看的弧度反而和他的胸膛贴上了。

顾风真是想慢慢来的，可身前柔软的触感即使隔着加厚的卫衣也实在是太清晰了。他脑子完全乱了，手一点一点地扯下女生的围巾，吻也在一点一点地从脸颊向下移："帮我……脱衣服吗？"

"嗯？"这下，钟荧终于回过些神来，然后脸更红了，身体也微微颤抖起来，在这里？不行啊……

似乎是明白她想歪了，顾风还是顿了顿，呼吸粗重地停下了亲吻，他本来是觉得有点热，想让她帮自己脱一下牛仔外套的。

但他的确还在努力压抑着更渴望的念想。

直起身的顾风打开车门在外面站了一会儿，钟荧还有点没反应过来，面红耳赤，满脑子还是刚才顾风最后说的那句话……还在羞耻地纠结着到底可不可以呢，为什么看他出去了又有点后悔呢……

顾风忽然开了车门，扔进来一件牛仔外套又关上了门，这是刚才他套在黑色卫衣外面的外套。

钟荧只呆愣了一会儿，便掏出手机给外面的男生发微信。

萤火虫：外面很冷。

萤火虫：我还没看够你呢……

怎么都只顾着亲去了呢，情侣都是这样的吗……

不一会儿，顾风便坐进来了，他打燃火，但这回是尽量避开了她："刚才有点热，我送你回去，系上安全带。"

"好。"

路上一片寂静。

顾风一手握着方向盘，另一只手搭在挂挡上，眼睛直视着前方：

"不是想看我吗？不看了？之后去保加利亚冬训就看不到了。"

钟荧这才将目光肆无忌惮地落在了男生的身上，她想靠近他，又怕影响他开车，就只能侧着身看向他："训练和比赛加油，我晚上回去把加油操发给你……希望你会喜欢。"

闻言，顾风看着前面闪烁的灯光，忽然眼眸清澈地笑了："我有不喜欢你的时候吗？"

从来没有。

3.

顾风冬训完就直接去参加布里斯班国际赛，赛事要持续一周的时间。正好《极限冠军》最后一期的录制也要到1月初才结束，整个冬天，钟荧都觉得过得极快。

而参与制作《极限冠军》的工作人员，也都察觉到最近的钟荧心情似乎很好。特别是元旦工作聚餐时，钟荧想也没想便在聚餐前开口了，说今晚的餐费都算她的，摄影师和后期制作基本都是汉子，当时听到这话简直乐坏了，连呼了好几声"荧女神万岁"。

国际赛进行到复赛那天，钟荧正在录制倒数第二期的花滑。

场地的原因，整个摄制组就像当时录制网球一样，定在了专门的大型滑冰场，耗时又耗力，等整个拍摄结束已过晚上八点，但总归最后的效果还是令人满意的。和嘉宾告别之后，钟荧在更衣室一边温暾地换着服装，一边拿出手机点开了网球比赛视频。

看到顾风跟在顾屿然身后出场时，钟荧竟然对着泛着白光的屏幕痴痴地笑了。

原来顾风还很适合红黄相间的运动服嘛，他把外套拉链拉到最

高，衣领立起。即使观众席的欢呼声此起彼伏，清俊的男生也只是将眼神落在场内，波澜不惊地和队友交流着什么。

意识到饿的时候，钟荧才摸了摸肚子，意识到自己已经换好衣服在更衣室待了快十分钟了。

她推开门，仍在低头看视频。

"钟荧。"

听到前面有人叫她，她才抬了下头，有些意外地笑了："你还没走呀？"

"嗯。"

"最近好冷啊，下周还要去室外录制最后一期的滑雪……想想都害怕。"

看到是陈远，她又心安理得地埋下头继续看比赛，只是把声音调小了些，因为有他走在前面，她更加不用看路了。

前面有个台阶，陈远拽了一下她黑色羽绒服的衣袖，还很难得地表现出了一种拘谨和忐忑："好饿啊，待会儿一起吃个饭，随便点就行。"

钟荧犹豫了一瞬，还是艰难地摇了下头："不了，我还有点事呢。"

这种关键时期，她和陈远私下还是少接触比较好。

"这就是荧荧啊，果然漂亮啊。你好呀，我是陈远的妈妈。"

"我是陈远的爸爸。我们好不容易抽空来看一次现场，一起吃个饭吧？听说上次小远喝醉了是你送到楼下，也是我们家小远不礼貌，忘了请你上楼坐一坐！"

钟荧没料到刚出了滑冰场的后门通道，陈远的父母便一脸笑意地迎了上来。她有点蒙，连忙诧异地看向身旁的陈远，哪知他静静地含笑看着她："他们想见一下你，没关系吧？"

什么意思？

陈远的父母已经不由分说在前面带路了："司机就在路口，前面的福兴酒楼可以吧？预定的八点半时间正好啊。"

好吧，就当是合作搭档请客吧。

直到钟荧温顺地坐进包厢，陈远的父母热情地由工作聊到私事，陈远还在一旁心情很好地替她夹菜添水之后，她彻底坐不住了。她轻拽了一下身旁的陈远，然后微笑着说要去一下洗手间，便拉着他出了包间。

包间在安静的二楼，他们两人站在楼道角落昏暗的洗手池旁沉默地对视着，钟荧觉得真是无法说服自己了。

"怎么也该提前告诉我一声呀。"

陈远复杂地看了她一眼："我怕你不答应。"

"那我肯定会觉得不好意思啊，毕竟，为什么啊……"忽然要请她吃饭，而且一家人都对她呵护备至……

"我没什么追求的，钟荧。"原本还一直紧绷着神经的陈远却忽然笑了，他懒懒地倚靠在墙边，还很别扭地揉了下自己的头发，"他们很少回国，我们又是朋友，就想大家在新年一起高高兴兴吃个便饭，行吗？"

角落的壁灯很昏暗，洗手池旁还放了一株植物，散发着淡淡的幽香。就在备受煎熬的陈远还在思考那到底是绿萝还是鹅掌木的时候，对面的女生却忽然轻拍了下他的肩，既来之则安之："伯父就交给我好啦，我会让他喝高兴的，新年快乐。"

"不是……"他老子可比他能喝多了，但是好像，因为她的释然，

他的心情舒畅了许多。

陈远的确是没办法了，才耍无赖用上了这一招。

他受万千宠爱习惯了，可大学三年以来最怕她的拒绝，不论什么课、什么活动他都会出现在她身边，这不是偶然的，都是他处心积虑之所为。就连刚才其乐融融的用餐时光，也是他骗来的，却美好得像一场梦一样。

就当是场自私的梦吧，虽然没办法拥有，也想让父母知道他暗恋了三年时光的女孩儿是值得的。

4.

临近年底，台里各部门都开始忙得脚不沾地，钟荧也特地留意了一下，就连去食堂吃饭也离体育栏目的人坐得更近一些。

“陈澄好像要一直跟到澳网结束啊。”

“这次跟的网球？不错啊……选手不是挺养眼的吗……”

“可是采访难哦……”

“为什么啊？”

“好像碰上了一个惜字如金的选手……”

钟荧在旁边默默地听着，还觉得这饭真是越吃越香。

“惜字如金”说的应该就是顾风了。

钟荧昨晚正好看到了那段视频，比赛半场结束时，陈澄热情地在赛场外采访中国队选手的时候，顾风都只是全程安静地听队友说话。不是双手背在身后低着头时不时踬踬脚，就是偶尔摸摸鼻子眼神放空地看向一边。

陈澄将话筒直接递到他面前的时候，顾风也只是很不解风情地回了一句"确实累"。

顿了一秒，发觉话筒还没移开，他才又挤出了一句非常冷淡的话："也认识到还需要更多的练习。"

就好像在提醒她，采访差不多可以了啊，他们还要回去训练。

当时钟荧就畅快地觉得，顾风真是太酷了。

而训练了一天的男生疲惫地倒在了床上，他点开手机，手指轻轻向下滑了一下。

之前的消息记录还停留在"你吻了我，还想扒我衣服"和四个通话时长那里。

钟荧已经给他发了好长一串的表情包，这一看就是在刷屏。

顾风一手枕在脑后，一手拿着手机静静地看着继续跳出来的表情包，不禁扬起嘴角笑了，怎么她主动做下的事就不爱承认呢。

对面安分了一下，才终于跳出了一段似乎是放在了心里很久的文字。

萤火虫：咳咳，采访一下，为什么会喜欢我呀？

Feng：告白的可是你。

可能是不想她好一会儿都不理他，顾风很快又打了两个字。

Feng：别走。

让她别又溜走。

最近他一直在训练和比赛，他和顾屿然都是国际网联青年大师赛亚军，因此还获得了令人艳羡的机会，给众多世界前十的网球选手做陪练。那是位西班牙选手，追求训练的强度，每次练球都尽可能延长拍数和时间，也很少休息，对顾风的体能要求相当高，但也得到了很

好的锻炼。

已经离开中国半个多月了，之后就是最重要的澳大利亚公开赛。由于临近澳网，所以很多网球名将都选择在布里斯班国际赛热身，开始新的一个网球赛季。很显然，这也是顾风首次以职业网球选手的资格征战国际赛场，对手不再是十几岁稚嫩的少年，而是久经沙场的名将。

三年前，顾屿然在世界青年网球排名最高时是第 7 名。而顾风在高中参与的国际赛事太少了，今年 9 月的青少年大师赛是他参加的最后一次青少年赛事，最新的数据显示，顾风在世界青少年网球排名定格在了第 11 名。

他想要在成人赛场拼得一席之位，还需要付出更多的汗水。

她也在紧张地录制节目，两个人已经很久没这样安静地、不受打扰地微信聊天了。

钟荧在那头看到这两个字，只觉心脏又悸动了一下。

Feng：高一运动会，你在广播台念了很多我的加油稿。

虽然初中也念过，但那时候小，他也不明白自己的心。

萤火虫：可是，那都是你们同学给你写的啊！

Feng：我知道。

他当然知道。

在那个无风又燥热的下午，他在自己的场地一遍又一遍地热身，听到女生温润细软的声音在广播里响起，对他说了很多句"加油"后，他立起身子看向了很远的旗台。真的太远了，旗台又在操场前方，他这里是网球场，根本没办法辨别坐在台上的哪一个才是她，可是那些加油词，因为由她说出来才变得有了意义。

原来男生喜欢一个人可以这么简单。

钟荧怔怔地盯着屏幕看了好一会儿，竟然还有些怅然若失。

萤火虫：*而且我也给其他选手念过。*

Feng. *刘，所以我不喜欢你为其他人加油，也不喜欢你每次拍完顾屿然才想起我。*

即使是亲哥哥，顾风也嫉妒顾屿然很久了，他在还不懂什么是喜欢的年纪，就行动快过意识地知道了在乎她。

黑暗的房间内，对床的顾屿然也抱着手机时不时傻笑一声，一点也不知情自己的名字正出现在其他人的微信聊天中。

顾风的手机屏幕暗下来很久后，才又收到了新消息。

萤火虫：*那时候吻了你，一定是情不自禁。*

Feng：*那在美发店，在车里的时候呢？*

Feng：*不也是学姐主动的吗？*

萤火虫：*哎呀，好困啊……晚安晚安！*

不知为何，这一刻的顾风忽然很理解那么喜欢傻笑的顾屿然了。

（翻白眼的顾屿然：傻笑还带上我，简直在哪儿都躺枪……）

第十三章

"见到你，
我觉得还可以再累一点。"

♥ Tian Mi Shang Xuan

1.

星纯滑雪场，1 月 8 号。

这一次《极限冠军》的拍摄完全把录播现场扩大到了整个室外滑雪场，运动员的专业姿势和互动环节大部分靠无人机时刻跟随拍摄。钟荧即使全副武装穿上了滑雪服，整个人也感觉快被凛冽的寒风吹倒了一般，但她还是和陈远保持微笑一直主持到了最后一秒。

副台长参与制作了整个节目，到了最后，她穿着厚厚的羽绒服满是感慨地走到最中间为所有的参与人员鼓掌："《极限冠军》从一个全新的体育竞技综艺节目走到了现在，感谢大家，辛苦了辛苦了。特别是两位新晋但非常给力的主持人，他们在节目中表现出的活力和默契，让《极限冠军》的核心主题'全民爱运动'以最佳的姿态呈现在了观众面前。今晚的聚餐，大家一定要记得看群通知啊！"

钟荧原本在旁边默默地跟着鼓掌，听到了夸奖，眼中满满的笑意都快溢了出来，然后便感觉被雪砸中了。她缩了缩脖子把头发上的雪甩掉，一回头，身后的摄像师们都笑着朝两位主持人扔来了雪球："我们之前都是这么庆祝收工的，也就每个人向主持人扔十个雪球而已啦！"

陈远挡在了钟荧前面，也当即抓起一把雪揉成团扔了过去。但寡不敌众啊，他只能又气又笑地拉着钟荧往雪松下跑，冬日的阳光落在雪地上泛着刺眼的白光："喂喂喂，你们就是羡慕副台长夸了我们几句好吗，我们优秀就该被表扬啊！"

然后扔过来的雪球就更多了。

钟荧被砸倒，然后干脆不起来了，她拍了拍身上的白雪，真是被这群幼稚鬼逗笑了："再砸我，我不请你们喝酒啦！"

"没事，荧女神我们请你喝酒啊！"

"……"

2.

深夜的气温又骤降了几度。

室内却正是适宜的温度，温暖而潮湿的空气让钟荧很快便有了懒洋洋的困意。这个时间点，酒店里的客人基本都泡完温泉回去休息了，空旷的室内澡池静悄悄的。

瞅了一圈没找着人，钟荧只好裹了裹毛茸茸的浴袍往露天温泉池走。

刚踏上木地板，刺骨的冷风便扑面而来，女生哆嗦着吸了吸鼻子，像快被冻哭了，真是好冷啊。

景致却美极了，这边大大小小的温泉池还冒着热乎乎的水汽，一旁木质桑拿房的屋顶已经铺满了白茫茫的一层积雪，山道上星星点点亮着照明小灯。

六七个碧蓝的温泉池子，只有最靠山腰的温泉池里有个清俊的身影，正对山脊而坐。虽然只能看到他的背影，钟荧还是小心翼翼地小跑过去，然后蹲下身，从男生的身后轻轻抱住了他，她笑得眼睛都快眯成了一条缝："久等了吧？"

被抱住的男生却低着头一动不动。

她偏了下头，哎，睡着了啊？

大冬天光着上半身坐在池子里也能睡着……最近的训练一定很累吧。

钟茨正要悄悄松开手，手腕却被人抓住了。他的手掌温暖，太久没说话了，男生的声音哑得厉害："也不怕抱错了人？"

钟茨发觉顾风没有松开她的意思，应该是想让她下去泡一会儿。可她觉得脱了浴袍肯定好冷啊，于是干脆坐在池边，把腿放进水里轻微地晃了晃："我当然知道是你啊，我可是看着你长大的好吗？"

闻言，原本还有些困顿的顾风一下就清醒许多了，他蹙了下眉心，似乎对"看着长大"这样的词稍有不满。

顾风仰了仰头，看着她沉静的面容，她本来就很白，在雪色的映衬下，女生的肌肤就更加亮丽白皙了。

"不下来？"

钟茨摇了下头，黑白分明的眼眸也在直勾勾看着他："冷。"

"泡一会儿就不冷了。"

"不要。"

钟茨等了一会儿，也没见他再说什么话，竟然还紧张地抿了下嘴，她也决定继续保持沉默晃着池子里的水。

然后安静玩水的女生，就眼睁睁地看着靠在池边的顾风，伸手轻轻一拉，便将她浴袍的衣带解开了。

钟茨正要埋怨，顾风却慢条斯理地重新给她打上结："衣带有

点松了。"

钟荧轻轻"嗯"了一声，只觉嗓子眼儿痒痒的。

山谷很安静，可弥漫开的水汽已经沾染上了暧昧的因子。

再次打破寂静，是因为心猿意马的钟荧不小心踢到了男生的大腿，她一下子就不敢晃了，但还是被顾风握住了脚踝："坐过来点儿。"

"嗯。"

钟荧的小腿又轻轻晃了一下挣脱开他的手，她这才又挪了下位置更靠近他一点儿。

顾风顺理成章地微仰了下头，吻上了她红润的嘴唇："怎么今天……不主动了？"

顾风的声音极缓慢极低沉，而且还轻咬着她，她只觉整个背都是酥麻的痒……虽然很不好意思开口，但她确实在等着他的吻。

只可惜他很快就离开了她的唇，是仰头的姿势不舒服吗？钟荧下意识地咽了下口水，有些怅然若失地又是低头捋发丝，又是摸了下自己微微发烫的脸颊，很是羞怯地说："你也可以……坐上来……"

这样会方便一些……

但是顾风已经从温泉里噌地起身，他就只穿了条黑色短裤，光洁挺拔的后背线条很是好看。

他拿上挂在一边的浴袍很随意地给自己披上，然后把还在羞红了脸冒着傻气的钟荧从木板上拉起来："我们先回去，"最主要是在室外，他很多情绪都得忍着，"方便带我回酒庄？或者我现在预订这里的房间也行。"

钟荧牵着他的手，声音低低的："去酒庄吧，有多的房间。"

闻言，顾风含糊地应了一声，然后把佯装拿出来订房间的手机又很快地塞回了衣兜里。

他在澳大利亚比赛完就直飞到了这里，一下飞机就到这儿等她。钟荧没进来之前，他是真在温泉里困得睡着了，仅有三天的假期，今天在这里陪她，然后计划着明天和她一起回C市，11号再回训练营，15号便是备受瞩目的开年大战——澳大利亚公开赛。

赛程太满了，再怎么想见她，也得按照安排来，所以好不容易见到了，白日夜晚也不想放过和她在一起的每一秒时间。

3.

"你之前没来过吧？"钟荧在弄壁炉，还好还剩了点儿果木，估计只够今晚。

柴火燃烧起来很快便有了悬浮的火焰，火光映衬得整个厅暖烘烘的明亮。

钟荧回过头，见顾风已经摸索到了旋转楼梯旁，似乎在找灯。

"想上楼睡觉了吗？等一等啊，我给你找房间……"

"不急，逛一逛。"

"大晚上有什么好逛的？"

大男生已经找到灯了，但听她这么一说，忽然又不想开灯了，觉得这壁炉的火光正好。

顾风眼角带笑倚靠在墙边，等她慢慢向自己走来，然后伸手一拉，将她拉到了怀里，这种侵袭而来满满都是她的味道的感觉真是无与伦比的美好。

顾风懒洋洋玩着她颈间的发丝，比年前见到的时候短太多了："那大晚上的你想干点儿什么比较合适？"

"有个窗，白天的时候能看到种的冰葡萄呢。"钟荧矜持地推开他，然后走到楼梯口的卫生间旁，推门走进，又推开了卫生间里的磨砂小窗。肃杀的冷风猛地灌进来，还带进来点儿冰碴子，被风吹得透心凉的钟荧又连忙把小窗关上。

钟荧尴尬地回头和优哉游哉的顾风无声对视了两秒，又掩饰性地清了下嗓子："还是去看酒窖吧。"

闻言，顾风低头凑近她，顺带微扬了下嘴角："酒窖有什么好逛的？不如，干点儿别的？"

"……"

"酒窖有很多酒呀，每年不都给你们送过冰酒吗？爸爸每个月来一次吧，妈妈偶尔兴致好的话会来摘一下冰葡萄……"钟荧低着头绕过他，决定继续装傻。

她这才终于反应过来了，虽然之前也和顾风在家里独处过，但现在的关系再共住一个屋檐下……就太暧昧太引人犯错了。

"那你去看吧，我上楼随便找个房间休息了，但今晚你就别再喝酒了。"

听见身后的男生并没跟上自己，反而往楼上去了，钟荧有些茫然，回头望向他："为什么呀？"好难得来一回……

大厅只有壁炉的火光，而楼梯角落的这个卫生间亮着光。顾风的手肘搭在扶手上，站在一半的台阶上低头沉沉地看着她："或者，跟我上楼吧？"

沉默了一瞬后，卫生间的灯光也暗下来了。

能听到上楼的窸窸窣窣脚步声，再然后顾风便感觉女生拉住了他的手，带他往上面走。

"不怕黑了？"

"我也长大了好不好。"

钟荧牵着他，向过道最右边的房间走去："住这里可以吗？"

她推开房门，上次离开的时候应该忘了拉窗帘，透明的落地窗漏进了昏暗的天光。酒庄地处寒冷而干燥的 A 市偏远郊区，离白天的星纯滑雪场也只有十几公里的距离，因此能隐隐听到呼啸的风声刮着窗户而过。

"我就住在对面。"钟荧一边说着一边摸索着开关，可身后的顾风却直接将她抵在墙上，掩上了房门。

光线是昏暗的，呼吸是急促的。

男生埋头靠近，耐着性子轻轻地摩擦了一下钟荧的耳垂："为什么把头发剪短了？"

"想和你见面的时候……不被其他人认出来……"头发是今晚剪的，她连台里的聚餐都推了。

她的身上有一种很好闻的香味，微甜，但也不腻。

"知道为什么不想让你喝酒吗？"

钟荧咬着唇摇了下头，脸很快就发烫了。因为顾风揽着她腰的手很快就不安分地移动了起来，又在她身后的金属小扣上停了下来，她觉得嗓子有些干："不是说很累吗？"

看报道的图片上，他还真的一脸疲惫的样子。

闻言，顾风轻笑着从她的耳垂一点一点地移向了女生好看的锁骨，毛衣的圆领有点扎人又有点痒，弄得自己的呼吸时重时轻。

"学姐这是低估了运动员的体力？而且见到学姐，我觉得再累一点也没关系。"

"快别说了……"钟荧真是被他说得羞死了。

而顾风仅剩的一点耐性也被女生因为急促呼吸而微微起伏的诱人曲线磨得一点不剩。

他将钟荧的两只手腕按在了墙上，深邃的眼眸里早已不知不觉间点燃了两簇迷离的星火，一向冷静自持的大男生也有了贪恋："我不想你忘了今晚发生的事。"

"嗯……"

4.

翌日早晨，钟荧是被冻醒的。

她好看的五官可怜兮兮地皱在了一起，谁能料到半夜时她和顾风两人哆嗦着跑下床研究了好半天的暖气。前半夜两个人有事做当然都只觉得好热好热，可是后半夜就不行了，暖气片好像太久没用成了摆设，钟荧蹲在顾风身边没一会儿就又倒在他身上睡着了。

但似乎那次睡着之后她就没再觉得冷了。

是暖气片修好了吗？

钟荧在床上扭动了一下，又把滑在脚尖的被子轻轻钩上来盖住，才惺忪地睁开了眼。

嗯？不是昨晚那个房间？而且顾风也不在？

她跳下床，蹑手蹑脚跑到了昨晚的房间……原本该是无比凌乱的一张床，此刻整洁得不像话。

钟荧又跑下楼，还是没人啊……但是餐桌上已经放了一杯牛奶，和两片夹着果酱的吐司。钟荧迫不及待地咬了一口，还是葡萄酱啊！只是，这些食物都是从哪儿来的？他们昨晚才住进来，冰箱里是不可能有这些的呀。

钟荧一脸幸福，翻出了顾风的微信。

萤火虫：你去哪儿啦？

Feng：醒了？正好跟你说个事。

萤火虫：嗯嗯！

钟荧等了一会儿没收到回复，又呆呆地跑去沙发上拿了床薄毯披上，手机正好进来一条消息。

Feng：我现在刚接上你的父母和我妈，正如你昨晚所说，他们忽然有了兴致就约来一起摘冰葡萄了，我们应该半小时就到。

"小风哥哥，开车就不要玩手机咯。"

"好。"顾风很快关掉屏幕，但他也应该能猜到钟荧看到这段话会有多崩溃。

幸好一大早收到了顾屹然的通风报信，他昨晚就回了 C 市——

"SOS！查岗大军还有两小时到达战场！请注意收拾战场，哈哈哈！"

"小风你知道酒庄的位置吗？快到酒庄的那段路有暗冰，让我来开也行。"坐在后面的钟父稍微向前蹭了一下。这是新车，顾风也应该很少有开车的机会，钟父多少还是有点不放心。

"没事我可以的，伯父。"在未来岳父面前怎么也不可能认怂啊。

顾风一手握着方向盘，一手放在挂挡处，他早上就是从酒庄开出来的。

早上路边的积雪还要更深一些，现在已经好走多了。

顾风刚开到酒庄的大路上，便远远看到钟荧已经在门口等着了。见状，钟妈妈高兴得不得了："荧荧也在啊！我本来还说再等一会

儿让她和温铃一块儿过来呢！"

钟父也难得地笑开了："这丫头平时能这么早起来？"

大男生慢慢把车停在了女生的面前，他缓缓按下车窗。车外的钟茨则是一脸激动地和长辈们打了招呼之后，才将眼神落在了他身上，而且是非常惊讶的眼神："哎？是小风啊！"

"……"

顾风微眯了眯眼看她，看来她还不想承认他们两人的关系啊。男生的目光毫无顾忌地染上了一丝占有欲："昨晚还满意吗？"

钟茨的眼神一下就败下来了，他怎么能问出这样的问题？

顾风眼角带笑地将车驶进酒庄，漂亮的一个转弯后，直接停进了车位。

还是钟妈妈觉得这话怪怪的："咦，小风你们昨晚在一起吗？"

"昨晚钟茨和台里的摄制组有个聚餐。"

"电视台的待遇就是好啊！"

闻言，钟妈妈看向女儿的眼神中又多了一丝崇拜。钟茨正在忐忑地为他们开车门，哪知钟妈妈重重地拍了下自家女儿的肩："昨晚怎么样？开心吗？"

"啊？"钟茨心惊肉跳，现在吓得连裙都站不稳了，她都快哭了，"妈妈你到底在问什么……"

"台里聚餐啊！那不然呢？"

"哦。"心情如坐过山车的钟茨这才丧丧地回过魂来，然后愤愤地瞪了一眼在旁边笑得人畜无害的男生。哼，真是把她吓坏了，她一天都不要理顾风了！

但一群人的生活总是充满冒险的。

比如，吃着吃着，顾妈妈忽然懊恼地拍了拍脑袋："哎呀，小风你元旦过生日妈妈都忘了给你寄护腕了！就顾着看你比赛去了，我可是一口气准备到了你结婚那个岁数的数量哎。"

闻言，顾风连眼眸都不抬一下，仍在慢条斯理地把钟荚爱吃的菜换到了她身边，心里却在乱七八糟地想着这长桌的设计也太不为手短的女士考虑了："给顾屿然准备到多少岁的？"

"二十五岁！"

嗯，顾屿然那个慢调子差不多。

"我呢？"

男生的余光几乎都在钟荚身上，嗯？怎么这位手短的女士还一点都不领他的情？怎么移过去之后一次也不夹糖醋鸡柳了？

"当然也是二十五岁啊！"

"……"

"二十三岁就可以了。"二十五岁他可等不了那么久。

"哎？真的吗，真的吗？二十二岁呢？小风哥哥你看合适吗？"顾妈妈已经迫不及待地想要和儿媳妇一起愉快地玩耍了，她才不管这个儿媳妇先是哥哥的还是弟弟的呢！

"也可以。"顾风慢悠悠地喝了口汤，那当然是越早越好了，毕竟他已经等了这么久了。

"哗"的一声清脆声响，钟荚的汤匙落在了铮亮的地面上碎得稀巴烂。

可能这么蠢的动作对大家来说都习以为常了，给她换了个汤匙就继续聊起来了。

只是好好的一顿饭，怎么愣是被她听出了顾风想要求婚的意

味……

再比如，一群人在天寒地冻的种植园采摘冰葡萄。

葡萄架特意修剪成了可以供人在园子里穿梭采摘的拱形，茫茫一片的白雪打在深红色的葡萄上，一眼望去是真正的白里透红的景象。

大男生提着个篮子在园子里穿梭，身高太拔尖了，葡萄架上还有高低不平的积雪，导致顾风走一会儿就得埋一下头。他专挑颗粒饱满一大串一大串地摘，看到还不错的还尝了一颗，有点像嚼冰块儿却是冰爽酸甜的口感，一下就满足了追求刺激感的味蕾。

然后顾风弯着腰向边上冷得动也不想动的"小蘑菇"走去。

钟荧裹得实在是太厚了，长款的姜黄色羽绒服直接遮住了小腿，又围了条快把整张脸都遮住的围巾，最后还戴了顶毛线帽，整个人都不方便移动，以至于到了积雪非常厚的种植园，直接像尊门神似的杵在了葡萄架边。

顾风伸手把她的围巾拉低，又把自己挑好的葡萄喂到她嘴边："给你尝过了，不酸。"

男生温柔的话音刚落，钟荧便从余光里看到顾妈妈的视线正在往这边看过来，吓得她扭头就想跑，然后重重地扑倒在了雪地上……真是丢脸死了。

"哎，荧荧怎么摔倒了？小风你不能欺负荧荧啊，快把她扶起来！"

顾风都快无语了："我没有。"

他就想对她好而已。

半夜，在一个个的房间里为她试暖气片，终于找到最暖和的了，又小心翼翼地将钟荧抱过去；早晨没有食材，他出去想找地方买，结果正好碰到酒庄的工人出工，好心塞给了他一些简易早餐，他都留给她吃了。

他两步上前将钟荧从雪地里捞起来，却按着她的肩不让她站起来，他直直地看着她："躲什么？"

"太快了……我们才在一起不到两个月吧，而且说好的地下恋呢。"钟荧拍了拍头上的雪。她低着头，像只无措的小鹿，觉得一时还不能接受。至少得等最后一期节目播放完毕，她公开感谢了好友陈远和整个摄制组的配合，再慢慢公开两个人的关系也不迟吧？

闻言，顾风清冷的眼眸垂了下来，太快了吗？为什么他却像是等了太久终于等到了一样？

他蹲在她身边，轻叹了一口气。

顾风脸瘦，略微埋下头的时候，下颌弧线显得就更锋利一些："我不逼你了，但你也别躲我，可以吗？我明早就回去冬训，这样冷漠地对我真的没关系？"

钟荧绞着手指没说话，心里难受，她可比任何人都不舍得他走啊。

过了好一会儿，女生才像是找回了自己的声音，低低地说："他们看得见我们吗？"

顾风抬头瞅了一眼，长辈们都在专心致志地挑葡萄。

他轻咳了一声："看不见。"

话音刚落，便感觉身旁的女生扑进了自己的怀里，他低头搂着她，去迎合她的拥抱。

顾风整个神情都柔和了下来，他吻了下女生的额头，喉结微微滚动了一下："还以为会偷亲我。"

钟茨满足地在他怀里蹭了又蹭："想要我偷亲你吗？我才不呢。"

"那让我来？"

女生忽然咬着嘴唇笑开了："好啊。"

5.

隔天，顾风七点就收拾好行李准备离开了，他没想让她送，连下楼都轻手轻脚的。但走出门的时候，钟茨还是裹着厚厚的羽绒服"啪嗒啪嗒"地跑下来，然后从后面抱住了他，抱得很紧。

男生微笑着握着她纤细的双手，原来让喜欢的人对自己牵肠挂肚是这样的滋味啊，他真是甘之如饴。

顾风回头抱着她，宠溺地揉了揉她的头发："来看我比赛？"

"当然啊，我节目都录制结束了。"

男生眼中的笑意更浓了："所以，学姐之后的时间都是属于我的？"

钟茨微低了下头，在很努力地掩饰自己的高兴："那得看你比赛的时候能不能帅哭我啦。"

这话听起来怎么这么耳熟？顾风轻挑了下眉，偏了下头，湿热的呼吸打在了她的耳边："让你动心到主动扒我衣服的地步？"

"……"

"你们在干吗呢？"身后竟然冷不丁传来了顾妈妈的声音。

顾风直起身，略微一仰头，就和一脸惺忪准备关窗的顾妈妈眼神对视上了。

"在谈恋爱啊。"大男生笔挺地站着，眼神波澜不惊。

吓得刚刚跳出男生怀抱的钟茨彻底石化了。

"……"真是千防万防……都没用啊。

"哦。"顾妈妈显然是还没睡醒，实在是太冷了，关上窗又把头缩回去了。

然后过了半分钟，关上的窗又被推开了。顾妈妈再次欣喜地凑出来，然而楼下喷泉池边只剩孤零零的顾风一人了。她的儿媳妇呢？被她吓跑了？

顾风就像知道她会很快反应过来，所以在原地吹着冰刀似的北风又等了一会儿，看到妈妈了，他轻晃了下手中的手机，示意妈妈看手机，便转身离开了。

见状，顾妈妈激动地跑回床上找手机，会是什么呢？难道是让她把护腕洗洗都送给八字还没一撇的顾屿然吗？她非常愿意啊！

Feng：什么都别问她，别为难她，我回来自己解释。

真是……这时候就开始护妻了？

钟荧一回住宅就跑酒窖去抱了瓶冰酒时刻准备着，只要顾妈妈一进来，她就"咕嘟咕嘟"地仰头一喝，喝醉之后交代清楚了第二天她自己就忘了。

但是，她等啊等啊，就抱着酒倒在床上睡着了。

手机铃声响了很久，钟荧才迷迷糊糊地摸到，接通："到了吗？"

"什么到了吗？"电话那头竟然是林丽的声音，她很是着急，"荧荧，你真和陈远在一起了？"

钟荧愣怔了好一会儿才回过神来："没有啊。"

"没有？你们见家长了、一起吃饭了，还在……洗手池边调情了，这都是今天的热搜，你自己去看看，"林丽的语气闷闷的，"我

们是朋友，如果你们真在一起了……"

林丽话还没说完，又进来一通电话，钟荧瞥了一眼，竟然是副台长！

然而，林丽还在委屈地机关枪扫射中："真在一起了我也会帮你隐瞒……嗯，在一起挺好的……别我一个人说话啊，这么久没见了，你就没什么想和我聊的吗？"

"林丽，我和顾风在一起了。"

这话一说，电话那头登时就安静下来了，是挂掉了吗？下一秒，对面便传来了林丽激动地捶桌的声音："啊啊啊，还说没有一腿！我就知道你俩暗搓搓地在搞些什么！他熬夜帮你抢课，又牺牲色相陪我们玩真心话大冒险，为了救你出酒吧，还被张胜打伤了胳膊……呜呜呜，这么苏的小狼狗是要我现在就开始酸吗……"

钟荧却完全呆了。

这些都是……她不知道的事啊。

钟荧的心像是被狠狠地揪了一下，留下了深深浅浅的伤痕，亏她之前还和陈远闹气来着，却连他受伤了都不知道。

副台长的电话响了很久终于断了，但很快又拨了过来。

没办法，钟荧只好先挂了林丽的电话。

"荧荧？这么久才接电话？"

"不好意思，副台长……"

"有什么不好意思的，和陈远发展到这一步了也不和我们说一声？"副台长心情很好，毕竟网上忽然爆出来的这些照片一定可以让最后一期的收视率翻番。

"我和……网球运动员顾风在一起了，很小心翼翼的那种！但是不知道为什么会传出和陈远的消息来……我知道这时候不应该谈恋爱……"

原本还心情雀跃的副台长一下便沉默了。而后，她一字一顿地问："你知道规矩，但还是那样做了？"

闻言，钟荧整颗心都沉下来了，她双手攥紧成拳："对不起，让您失望了。"

"失望的不是我，你自己好好想想今后怎么发展吧，我只希望这件事不会对节目造成负面影响，回头再聊吧。"

"好。"

6.

傍晚六点的时候，前五的热搜终于从"钟荧、陈远见父母""钟荧、陈远调情"转变成了"暴雪已至"等其他消息。

其实那些热搜没有一句是恶语，几乎全网一片祝福，不过看到自己的热搜热度不断下降，钟荧还是轻呼了一口气，毕竟那不是真实的。后来她想了很久还是决定给副台长打个电话，她准备这两天回台里，有什么突发状况，她都第一时间努力配合。

刚才出去探路的司机终于搓着手坐回来了，他回头看向钟荧："钟小姐啊，我打听清楚了，前面封路了，还在铲雪和和除冰。前后怎么也应该滞留了近百辆车了，晚上十点之前能回市里都很不错了。"他也是酒庄的工作人员，钟父担心她一个人回去，就派他来做临时司机。

钟荧抬头看了眼前面还一动不动的汽车长龙和已经黑下来的天色，虽然着急也只能这么等着了。

高速道路的情况还不见好，七点一过，夜幕就完全拉下来了。

司机这次也出去了好一会儿，然后才兴奋地抱着一大堆零食回来了。

年过五十的中年男人，常年在冰天雪地的地方工作，脸上要更显沧桑一些，但也正因如此，笑容也更加朴实："钟小姐你看有你喜欢的吗？我可是在小卖铺跟他们挤着买的啊，水、饼干什么的都卖断货了。"

闻言，钟荧露出了真诚的笑容："谢谢，对了，这附近有卫生间吗？"

"有啊，小卖铺就有，前面三百米左右吧。"

钟荧想出去透透气，偏偏路边还有人在抽烟，刺骨的寒风中夹杂着劣质烟草的味道猛地刮过来，她难受地皱了下眉头。

钟荧刚从卫生间出来，一个小孩儿不小心撞到了她。

钟荧刚扶起小孩儿，小孩儿愧疚地仰头望了一下，然后水灵灵的大眼睛一下就亮起来了。

"你是钟荧姐姐？那个漂亮的主持小姐姐！"

小孩儿本来就很激动，声音又大，这下在周边休息的年轻人都朝她看了过来，然后纷纷议论起来：

"钟荧竟然真的在这儿？还真的剪短了头发！天，那刚刚爆出来的照片是真的咯？"

"哇——这是一边和陈远的家人吃饭，一边又和国家网球选手密会？"

"刚刚刷出那条爆料微博我本来还不信呢……啧啧啧，没想到这么婊的啊！"

……

钟荧完全不知道网络上又掀起了什么风浪，但是看着一群面色不善的陌生人竟然都迫不及待地向她围拢过来，她才有些害怕地往回跑。周围的人知道有个当红女主持也被困在了这条高速上，都莫名地追着她跑。

"钟荧你别躲啊，不向我们这些观众解释一下吗？"

"还什么宣扬全民运动的好节目呢，主持人的品性都这么差，别说这个节目了！"

昏暗的天光下，惊心的车鸣接踵而来，身后又是杂乱躁动的脚步声，她完全慌神了。

之前的热搜不是已经降下去了吗？而且她就是为了回台里解释的。

而且她们为什么会提到网球运动员？难道又有什么新的热搜和她有关？

路边有暗冰，钟荧一个不小心直接狼狈地滑倒在地，看起来滑稽极了。

"哎哟，这就是报应啊！"有人幸灾乐祸地大笑。

后面的人很快就追上来围住了她，看热闹的几乎里三层外三层，但没有一个人想要把她扶起来。

钟荧苍白着脸，艰难地撑着地站了起来，白色的羽绒服脏得一塌糊涂。

擦破的手掌火辣辣地疼，周遭又充斥着密密麻麻的指责声，钟荧顾不上清理身上的泥沙，只能先鞠躬道歉："节目是所有人的心血，

不要因为我破坏大家的心情……"

"你说什么？听不清啊！"

或许是想听她怎么解释，围拢的人群逐渐静了下来，但都看好戏似的拿出了手机拍摄。

呼啸的北风吹得人脑仁疼，钟荧死死咬着嘴唇，眼都红了却还是拼命忍着不让自己哭出来。她只能很努力地再次提高分贝，也不论发生了什么，先把责任往自己身上揽："请不要指责节目，和《极限冠军》没有任何关系。至少先让我了解是什么样的报道，我会尽早给大家一个解释……"

"……怎么？自己做的事还假装不知道呢？小小年纪就学会脚踏两只船了，之后还不知道会干出什么事呢！"

嘲讽没有停止，反而正往更严重的趋势发展："对了网上还有她做车模的照片呢……那露骨的衣服啊……"

"……什么？天哪，陈远为什么会喜欢你这种女人！"

"对啊！这清纯的外表居然还骗了顾风！"

可能有谁是两人的死忠粉，还冲上前想要扔东西砸她！

钟荧吓得心惊胆战忙往后退，好在司机挤了过来，将瓶子挡开了。

见自家小姐如此受欺负，司机都快气红了眼，他浑身颤抖着把钟荧护在身后，眼珠子都快瞪出来了："我们小姐就是赶回台里想给大家一个交代，你们这么多人把一个姑娘围在这儿欺负，还咄咄逼人，有意思吗？"

司机年纪本来就大了，一激动就有些喘不上气来。

他把钟荧扶出人群，还忍不住回头大声说道："最初是你们支持的小姐，为什么不给她一次解释的机会，相信你们的选择是没有错的呢？"

有人正在悄悄做直播，发觉自己好似也成了冷漠的网络暴力者，又不自然地关掉了手机。

周遭安静下来。

钟荧被司机扶着慢慢往车的位置走，肃杀的冷风从四面八方灌过来，将她的眼泪吹干。

女生憋了很久，回到车里才无声地哭泣起来。

司机心疼着，把握在手中的手机递给她："小姐，您把手机遗忘在后座上了，亲人朋友打了很多电话过来，你赶快回个电话吧，别让他们担心。"

钟荧酸涩地哭出声音："叔叔……谢谢你……"

在这个寒风凛冽的冬夜，老司机淳朴的笑容和握在手中小小的手机不停弹出来的近百条消息，焐热了一个女孩子的心。

第十四章

"这是属于他的战场，
眼前人是属于他的女孩儿。"

♥ Tian Mi Shang Xuan

1.

这一连串的爆料来得迅猛且极具针对性。

从1月10号晚，粉丝三百人不到，一看就是小号的"辣手摧花"发布了一条"11号见"的微博，当时无人理会。结果11号早晨七点就发出了《极限冠军》两位主持人见家长的照片，并附文："我还有呢。"

当时全民粉丝都以为会继续发出陈远求婚或者两人私会的照片，于是不停地刷啊刷顺便送上真诚的祝福。直到晚上七点，"辣手摧花"再次更新微博，却是一连串钟荧和另外一个男子在温泉池约会、两人先后离开温泉馆的照片！

女生离开温泉馆时戴帽戴口罩，并且还换了发型，其实并不太确定那是钟荧，之后出来的男生毫无遮掩，几张偷拍照看下来就能发现是参与录制过《极限冠军》的职业网球选手顾风。

第二拨爆照刚出来不到半小时，就又有网友开始直播在高速路上偶遇钟荧，还在标题强调了三遍："是短发钟荧无疑！简直婊出天际！"

这一下，线上不堪的谩骂和线下疯狂的围堵几乎是同时进行，"钟荧滚出主持界""钟荧全国官方黑粉招募""心疼陈远"等话题直

升到热搜前五。晚上八点多，陈远忽然发布微博——

@陈远远远：我是真的再无法忍受@辣手摧花如此攻击我的三年同学及搭档！有真实又恩爱的CP可以嗑，为什么还要拿我和钟荧的友情来黑一拨？朋友们，好好想想@辣手摧花的真实目的。如果是我的粉丝，那我就直白地告诉你，你这样的为黑而黑毫无人性；如果是顾风的粉丝，那么很好，他会成为钟荧宇宙最强的撑腰，请你做好战斗准备。

此话一出，全网再度沸腾！

因为有太多爆炸性的重点了——

一、顾风和钟荧才一直都是低调的CP啊！

二、陈远为好友的男友说话，三人友情也可以嗑一阵子啊！

三、辣手摧花目的不纯，竟然蓄谋已久！

四、作为钟荧宇宙最强撑腰的小旋风即将到达战场！

陈远微博发送仅十分钟，便已转评近万。

就连副台长也当即给陈远拨了电话过去，开口便是斩钉截铁的命令："把微博删了。"

陈远不听。

"钟荧为了节目受了那么多委屈我都还没让她发话，至少要《极限冠军》官博给公众一个合理的解释。我是为你好，陈远，大家都是公众人物，而不是像你现在这样直接引导舆论在网络上开战，你明不明白？"

陈远现在怎么也联系不上钟荧，他才管不了那么多："那我和钟荧一起等待官方的处置，不论是什么我们都接受。"

副台长无言以答，这段通话就如此草草结束。

所幸网上的评论已经开始向好的方向发展了。

特别是之前从"新拍"就开始粉钟荧和顾氏兄弟的弱小群体才像是找到了组织一样，在陈远的微博底下频频发表感谢。

——我们代表小旋风爱您一万年！我们代表小荧荧请您吃十顿大餐！（嗷……不好意思，我们后援会到现在就凑够了这么点儿钱，之后肯定会涨哒！）

——对啊，还说我们荧荧做嫩模无下限，荧姐可是隐形小富婆啊！要想红要想有个好人设请水军什么的，前三的热搜分分钟就可以买下的好不好，好心帮同学撑个场做半小时的车模还被这样诋毁……

……

之前在全网黑钟荧的时候，但凡她们说出一句心疼钟荧的话，都会被怼得体无完肤。

她们只是想感谢陈远的仗义相助，却没想到陈远竟然还一个一个地回复了她们，虽然都是统一而简洁的"别怕"，却振奋了所有人的心！

之后，所有人都在等待小旋风的归来，但是，整个晚上网上都风平浪静，不应该啊！

是在加强训练没能看到吗？

或者是，其实并没有想象中的深情？

不不不，可能已经在私下哄好了钟荧，并不打算再在网上给一众看客饭后谈资的机会？

为什么已过凌晨仍然毫无动静……

为什么已至清晨仍然毫无动静……

直到国内时间八点，澳大利亚时间十点，也不知道该用"终于

刷出了国家队教练的微博"来形容,还是说"居然把万年大魔头郑教也炸出来了"更合适,总之,一众人看到了令人热血沸腾的内容——

@郑霖教练:澳网临近,选手们已经调整到了最好的竞技状态去迎接。因此,在这里想感叹一句,如果不是主持人钟荧十几年坚持不懈用视频记录顾家兄弟从小到大的比赛逐渐进步的状态,网球队不会这么早就闪现出这两颗耀世之星。

接着,国家网球队选手们纷纷转发。

2.

这并不是最振奋人心的。

寒冷的清晨,一辆象牙色小巴车缓慢地停在了电视台门口。

电视台的门卫戴上眼镜迷糊地走出来,这么早就又有明星来了?怎么没接到上面通知呢?

从小巴车上走出了一个极为眼熟的挺拔男人,看那休闲的穿着和坚定的眉目,应该是……运动员?

而且……走下来的还不止他一个!

第二个走下来的男人更加年轻,神色也更为冷峻!

再接着,走下来第三个,第四个,第五个……

明明只是一群嫩到不行的年轻人,可依次走下车,立在电视台门口,就已是无可动摇的气场。

他们有备而来。

门卫彻底搞不明白了,走上前问话:"您好,有预约吗?哪个栏目的?"

为首的男人微微一笑:"你好,我是国家网球队的顾屿然,请问主持人钟荧在台里吗?"

"哦。"门卫四十多岁了,平时也不关注什么八卦,啥都不知道,就那么气定神闲地走回亭子,然后拨通了楼上的电话,"国家网球队的顾屿然听说过吗?今天有他们的节目吗?"

电话那头的人原本蔫得跟泡菜一样,愣了一瞬,然后忽然惊呼:"怎么了?难道他来了吗?顾风呢?他来没来啊?"

门卫听着这一惊一乍的声音,疑惑着摇了摇头:"顾风是谁?反正不止顾屿然一个,好多运动员,他们说想见钟荧,钟荧今天在台……"里吗……

电话那头的人猛然从凳子上跳起:"啊啊啊!快带家伙下楼啊,有大新闻要拍了!"

"嘟嘟嘟……"

电话被挂了。

"喂?喂喂?我还没问完呢?"所以放不放人进来呢?还都是干大事见过大场面的人呢,这么沉不住气啊!

门卫烦躁地皱了下眉,然后又从亭子里慢悠悠地钻出来,他淡定地面对一众年轻人:"不好意思啊,可能要……"

然后门卫的"等一会儿"都还没从嘴里说出来,就听见身后传来急促的脚步声。当他惊恐地意识到"后面来了很多人"的时候,就被一群扛着摄像机蜂拥而至的记者挤得喘不过气来了。

"……国家网球队队员这时候出现在电视台门口是为什么呢?"

"请问顾风你真的在和钟荧交往吗?方便透露更多……"

"这次郑教也站出来说话,其实相当令人意外啊……"

围在人群中的顾屿然微笑着伸了下手,然后记者们立马安静了

下来。

顾屿然的眼神看似柔和，其实是想要优雅地告诉所有观众，他可以不动声色地就为钟茭霸气地挣回面子，想要欺负和他一起从小玩到大的青梅，门儿都没有。

"我们来这儿，是想以国家队的名义邀请主持人钟茭到现场观看公开赛，她在电视台吗？"

闻言，记者们都惊讶了。

毕竟这么大阵仗从澳大利亚飞回国内，就为了亲自邀约一个新人主持看国际赛事？

"不在啊，今天也不知道来不来呢……"

闻言，顾屿然淡然地扫了一下四周，收回目光坚定地看向镜头："没事，那我们等她来就好。"

身后七八个年轻的队员也一点没显出焦灼的神色，就温顺地跟着顾屿然在寒风中静静等待着，看来还真是亲自邀约，不见到本人不离开啊。

记者们愣了一瞬，而后乱成一团地纷纷低头掏出手机给钟茭打电话发消息，"快点来呀""这么多人都等着你呢""哎，你来了就知道什么事了，快点快点"……

"哎？顾风这是要去……"哪里？

原本焦躁不安地在原地等待着的记者们，看到一直沉默不语站在顾屿然身边的顾风忽然转身向后走去。

男生只是微微抬眸，冷冷看了一眼还堵在自己身前的记者。那记者一下就被眼神冷到，随即跳开。

3.

萤火虫：我快到啦，话说小川你也来台里做什么？

钟荧编辑了这条消息过去，等了一会儿还没收到回复就又把手机扔在一边，心思飘忽地看着窗外。

电视台门口难得地堵塞了一下，司机艰难前行着。

昨晚回到市区，钟荧最先联系的就是副台长。哪知副台长却告知她最近先不用来台里，说台里有很多重要的会议忙不过来，但是不论结果如何，官方都会尽快出来澄清两位是优秀敬业的主持人。

通话到最后，副台长十分复杂地说了句"之前合作很愉快，谢谢你们"的时候，钟荧只觉心里一阵荒凉，因为她知道应该是不会再有之后的合作了。

好像网上疯狂的谩骂和失去最心仪的工作相比，真是不值一提。

司机把她送回家，钟荧也没上楼。她就在小区网球场里失魂落魄地坐着，肆意横行的北风刮得她脸颊生疼，她把头埋在臂弯里，一个人无助地哭了很久。

回到家，就看到等了她一晚上的温铃躺在沙发上抱着手机睡着。

钟荧轻轻地给她盖上被子。

洗完澡把自己收拾好出来的时候，竟然又收到了副台长让她今天有空就来一下台里的消息。

才清晨七点半。

明明昨晚都说得那么明白了让她最近都不用来，怎么忽然又改变主意了？

钟荧激动得都快哭了，即使还有一点点留下来的希望，她也得去争取！她换了件衣服匆忙地赶去电视台。

没想到在途中又接到了同事们的连环夺命 call。

就连万年咋呼的江小川也像是换了个性子似的给她发来了微信。

川哥威武凶猛：快到了跟我说一声。

这是和顾风待久了，连说话语气也这么像了吗？

只是，为什么这么多人都催促着她快点去台里呢？

一辆黑色轿车以极缓慢的速度停在了小巴车的斜前方。

为了不让钟荧担心，顾风之前都是在用江小川的账号和她联系。

车停下来时，一众人便看到冷漠的男生微微倾下身，极温柔地替来人打开了车门，车内的钟荧一脸茫然地抬眸看向他。

顾风在看到女生略微浮肿的双眼后，心像是被狠狠揪了一下，觉得嗓子有些难受："来了？"

他们已经以最快的速度赶回来了，在郑教的房间不眠不休厚着脸皮恳请了大半夜之后，不能用租车解决的路程，他和顾屿然在墨尔本的街道一路都是用跑的。

钟荧则是完全呆住了，最喜欢的人就这么毫无征兆地出现在她面前。男生的右手搭在车顶上，俯身沉沉地看着她。

看到他，钟荧窝心得想落泪。

顾风垂着眸，伸手去拉钟荧的手。

他记得视频的开头，便是钟荧狼狈地滑坐在地上的模样，当时看得他青筋突突直跳，恨不得立马挡在她身前。

在看到女生细白的手掌上果真满是细密的伤痕时，他的眸光瞬间冷了下来。

是他没有保护好她。

顾风低头，忍着情绪轻轻吻了下钟荧的手心。

"小风……"

这举动惊得钟荧连忙红着脸想要收回手，却被他紧紧拽住怎么也不松开。

顾风沉着声说："我们来接你了。"

然后他轻轻一拉，便将她带下车，向后退半步移开自己的身影，让她看到更多的人。

钟荧这才看到对面一脸痴迷看戏但仍不忘拍摄的同事们，以及被同事们围在人群中的顾屺然、江小川、周淮声……还有好几个她非常眼熟的 A 大网球社的大一社员！

他们都在用"都在等你了"的友好而坚定的神情注视着她。

钟荧一下子有点忍不住情绪，眼眶湿润。顾风牵着她的手，又顺势握紧了几分。

"难道是打算直接带着钟荧离开？"

"而且这牵手的姿势也算是公开承认在交往了吧？"

"看上去真的好恩爱啊，一定非常非常喜欢吧……"

虽然刚才被顾风特意挡住了，但围观群众也可以跳着移动啊！就少女心爆棚地看到了亲吻手心的那一幕……

可能是听到了相当中听的一句话，从头至尾只和钟荧说过话的顾风这才停下了脚步。

他略微侧了侧头看向刚才说着"非常非常喜欢"的记者，忽然低声笑了。

顾风微一拉手，又将身后的女生拉得离他更近了些，他的眼

眸清澈而纯粹："网球也是为了追她才学的，你说我有多想和她在一起？"

对面的女记者们在"不行了，就让我花痴一秒吧"和"啊啊啊，坚持住啊！为了工资，为了收视，坚持采访啊"的神情中复杂变化着，终于如梦初醒般地吼出了一句重点："拍到了吗？啊，不是，录到音了没啊？"

顾风不再多说什么，拉着脸颊红彤彤的钟荧上了小巴车。

"既然已经接到了想见的人，我们也就先行离开去机场了，澳网再见。"社交担当的顾屹然一边微笑着向大家告别，一边在心里暗骂自家弟弟，每次都留英俊潇洒的他善后！他可是出场就自带BGM的网坛大佬啊！

4.

"小川为什么你们也来了？"

顾风刚刚带她来到了最后一排，没想到还没安稳坐下来的钟荧就先和别人聊起了天。

而江小川原本是想亢奋地解释一通，他是如何带着他的小弟们在寂寥的半夜与租车行的黑心商人讨价还价，又是如何焦灼地等在机场里接机等等。但是看到一旁的顾风眼神十分不友好地扫了他一眼后，手肘还搭在车座上的江小川只能默默地缩下去："荧荧姐，你还是先和小风哥聊天吧。"

"……"

钟荧抿了下嘴唇，瞅了眼身旁的顾风，他正冷淡地别过头看着窗外倒退的风景，但拉着她的手没松开。

钟荧装作想要挣脱开他的手，果然，男生便有了回头看她的动作。

她就知道他不会不理她的。

她开心地扑上前，双手环抱住了顾风的腰，钻进了他的怀里。

顾风就像是太阳，能驱散笼罩她的所有阴霾。

果然在他身边，她最满足了。

钟荧还贪恋般地在他的怀里蹭了又蹭，这种脸颊贴着他温暖的外套，还能隐约听到他强有力心跳声的感觉真是太幸福了。

可是，顾风还是没和她说话啊……

钟荧刚抬了下头，想要看一眼他，哪知一只大手又将她的头按在了他的怀里。

顾风这才伸手像抱住了全世界一样去迎合她的拥抱。不过几日不见，竟然会让他有了一种失而复得的感觉。

他低头，无声地吻了下女生的头发："跟我们走吧。"

只要有他在，她都只会是最幸福的女人。

钟荧却忽然直起身子："哎？我忘了副台长还找我有事呢！"

男生眯了眯眼："那就让她先等着。"

"嗯？"这不太好吧……

顾风伸手抚摸着女生的脸颊："我还没抱够。"

这下，钟荧又心花怒放地把头埋在了他的胸膛，可是没过一会儿，又仰起了头。

她趴在他身上，主动凑近了他的耳边，声音软软的，毫无保留地坦白着："顾风，我好喜欢你啊。"

"嗯。"

顾风垂下眼，温柔地扬起了嘴角。

男生深邃的瞳仁里映出的都是她的身影，他声音沙沙的："我喜欢你，从认识到现在。"

把一生都用来喜欢你，还觉得不够长。

钟荧赶回台里的时候，整个台里不是在报道昨晚的网络风暴，点名指责类似"辣手摧花"这样混淆事实、虚报消息的网友，要么就是准备报道今早网球队的倾巢出动。每个同事看她的眼神都充满了欣羡而且还无比热情地想要拉她唠嗑。

好在开完会的副台长撞见了被围在人群中的钟荧，然后拎着她，到了自己的办公室。

副台长一开始只是拿着保温杯不停喝水，沉默了一阵，才问了句："想跟澳网的采访吗？"

钟荧原本坐立不安，这下眸子一亮："我可以吗？之前不是陈澄在跟？"

副台长忽然皱了下眉："你去就可以了。"

幸福来得太突然，钟荧愣了好一会儿才反应过来接话："谢谢副台长！"

"话说你之前还拍了很多顾家兄弟的视频，有合适的也给台里交上来一些吧，之后专题报道后期剪辑应该会需要这些素材。"

钟荧都快热泪盈眶了："好的，好的！"

她终于不是失业游民了……

"钟荧，"副台长忽然语重心长地叫了声她的名字，"昨天的事别太难过，我会给你个交代，你出去准备采访稿吧。"

钟荧还想多说两句，可是副台长已经摆摆手示意她可以出去了。

等钟荧离开后，副台长又心事重重地看了几眼新提交上来的节目方案，可越看越烦躁，最后给 7 楼拨了电话过去。

"我之前开会好像说的让陈澄最近就跟点儿市内小新闻是吗？她资历还远远不够，最近状态也不好，先让她回去反省一阵吧。"

副台长不是个糊涂人，钟荧换发型是突然决定的，然而还是被拍到了，很明显，"辣手摧花"很可能便是一路尾随回国的顾风偷拍到的。再加之当晚从星纯回到市区，就连参加完布里斯班国际赛的网球选手们都各回各家了，陈澄却直到半夜才窸窸窣窣地摸回来。

昨晚她趁陈澄洗澡时点开了女儿电脑上缩在工具栏里一个一个的小窗口，全是触目惊心歇斯底里地用"辣手摧花"这个账号反击着正在骂她的网友。

副台长虽然不愿相信，却觉得脊背一凉，"辣手摧花"先让网友祝福钟荧和陈远把他们捧上了天，随后再爆出钟荧"劈腿""滥情""车模"的照片，来彻底毁掉一个女人的名誉。

"妈，你在干什么？"陈澄惊恐地跑上前瑟瑟发抖地抢走了自己的笔记本电脑。

副台长当时是真被气得脑子一阵眩晕："你知道自己在做什么吗？"

"是她先欺骗受众！一边吊着陈远不放，一边竟还来勾引顾风！"

陈澄整个胸脯剧烈起伏着，满脑子还是在回国的飞机上兴奋地遇见顾风时，男生那疏离得可怕的语气："我们见过吗？"

布里斯班国际赛上每天那么近距离在他身边采访的就是她啊！怎么能说没见过呢？

她当时既羞愤又失落，特别是看到下飞机，网球队自行解散后，顾风没和顾屿然一同转机，而是转身往另一个方向走去了，她不由自主地便跟了上去。

然后就看到了顾风和钟荧在温泉池幽会的场面。

"像她这样无耻的女人就该被全网唾弃！"从全网的舆论都被她一人操控，再到最后被所有人攻击，还想扒出她真实身份来，陈澄的情绪已经完全失控了。

副台长十分悲悯地看了女儿一眼："那么你得到你想要的了吗？"

5.

由于通知得突然，钟荧几乎是在当天下午便把硬盘里关于顾家兄弟的比赛视频都交到了剪辑室。

她没有告诉顾风，而是兴奋地跑去找林丽逛衣料厂，她想要设计印有"屿神最棒""小旋风超强"的短袖。

林丽听得不禁皱了下眉："谁的名字印在正面比较好？"

"不是呀，就一句话印一件衣服，顾屿然的女朋友穿屿神呀，然后我穿小旋风。"钟荧笑得满眼冒星星。

身旁挑着布料的林丽却大为崩溃："什么？我连成为你嫂子的机会都没有了？"

她曾经，还天真地想成为顾风的嫂子来着呢……

林丽连连哀叹了几声才回过神来："但你是采访记者哎，不方便这么穿吧？"

钟荧在自己的胸前比画了一下："不用很大，就我穿的那件在等比例大小的网球图案里悄悄地加上这句话就好啦！"

然而还在衣料厂等着取衣服，副台长又给她打来了电话，语气里满是意味不明的无奈和惆怅："采访顾风的时候，一定要让他收敛点儿。"

收敛？收敛什么？上次布里斯班国际赛上顾风就说了一句话还不够收敛吗？

钟茭一脸震惊。

副台长咳了一声："你交过来的关于顾风的视频你没看完过？"

"那都是我拍的，应该没什么问题。"而且关于在校园内"抱不抱回来"的那条视频她还没傻到上交啊。

"关上镜头盖，最后漆黑的那十多秒你没听过？"

"……"

难道顾风那时候抢走了摄像机，还对着它很蠢地自言自语了？

好奇心实在太重，拿到了服装，钟茭回家便迫不及待地一个一个地翻出视频拖到了最后。

终于，在"抱不抱回来"的上一条视频，在安静无声了两秒之后，男生熟悉而沉寂的声音就响了起来："阿茭，快把你的天平偏向我吧，我不想等了。"

钟茭心跳得飞快，整个人脸红得跟一只煮熟了的虾一样！

最主要的是，这么害羞的话竟然还被剪辑师和领导们听见了！

虽然很想给顾风一个惊喜，但现在看来她还是有必要提前给他打一个电话过去。

"小风小风，澳网我是采访哎！"

"嗯，我的功劳？"

"是凭我的专业能力好不好！"

电话那头的顾风似乎是漫不经心地笑了："那你知不知道，你别的能力也很好？"

"……"

耳根一点点蔓延上殷红，但她装作什么都听不懂："但是领导希望你在采访的时候能收敛一下……"

那边的人显然也大脑空白了一瞬，停顿了半秒，然后才再次微微张了张嘴："收敛什么？"

"对我的喜欢。"

钟荧光是觉得说出这句话都好羞耻……

果然，电话那头的顾风愣了一瞬便"扑哧"一声明朗地笑开了，男生干净清冽的声音中满是宠溺的语气："我尽量。"

6.

钟荧终于在开赛的前一天到了墨尔本。

澳大利亚网球公开赛是网球四大满贯赛事之一，仅是第一轮来自各国的参赛选手就有 128 名。和青少年赛事上遇见的同龄人有所不同，竞争更为激烈，这是成年人的战场，对手可能也才二十出头，也可能是三十多岁征战多年的天王。总积分不理想，很有可能在首轮便碰上强劲的老将，他们经验丰富，战术老练，压力巨大的年轻选手被轻松打出个 3 : 0 便在首轮出局的不在少数。

也是到了体育公园，碰见了郑教，钟荧才知道两兄弟竟然以双双打入 16 强为条件，郑教才答应放他们回国半日来找她。

顾屿然因为在去年 11 月的 ATP 首届新生力量赛（针对 21 岁左右的网球选手）中夺得了冠军，这次只要放平心态很有希望进入 16

强；而顾风，还只有青少年的排名。

很明显，郑教对于顾风抱有很大的期待。

而两兄弟的确是值得人崇拜的。

先是顾屿然在第一轮仅比赛了 12 分钟，便以 6-1/5 2 领先的情况下，收到了对手的退赛礼。

而顾风不仅首次参赛便冲入了第三轮，面对第三轮世界排名 23 的对手，所有人都屏息静气地观看着这场险象环生、排名太过悬殊的比赛时，顾风竟然真如桀骜的旋风一般力克西班牙名将！

如此，两兄弟竟然都双双顺利进入 16 强！

太励志了！

就连直播的中国解说员看到新锐小将顾风竟然也冲入 16 强后，都控制不住情绪在直播室欢呼了一声，语速超快地恭喜顾家兄弟，甚至都有些语无伦次了！而国人则兴奋得在墨尔本一见到亚洲人就连连拥抱，赛后钟荧在场外采访某位女观众时，女观众竟然还激动地亲了钟荧一口，钟荧一下没绷住和受访者一起笑开了。

如此惊喜，这就是中国年了。

墨尔本的黄昏，淡紫色的晚霞铺满了西天。

一天的采访终于结束，摄制组有说有笑地走在前面。

钟荧步伐很慢，落下工作人员好大一截儿，她低着头一脸笑意地看着网上的评论。

头上却忽然落下了轻薄的衣服，视线瞬间变得漆黑。

钟荧刚侧了下头，便正好让顾风温柔地吻上了她的眼角。

顾风是看到了钟荧的身影，便一路跑过来的，只是蜻蜓点水般

的亲吻，他这才喘着气压低着声问："她亲你哪儿了？"

顾风双手撑着外套，他个儿太高了，只能弓着腰，两人就躲在衣服里面，偷偷摸摸、鬼鬼祟祟。

"谁？"钟荧有些不好意思，她想要钻出去，可顾风不让。

他的眼神很是认真，甚至有点较真："那个女观众。"

"啊！"钟荧下意识地伸手摸了下自己的左脸颊，"这里吧？"

下一秒，顾风便埋下头轻咬了下女生的手背，湿润的呼吸薄薄地打在她的耳边："让她捷足先登了，那下次当着全国观众的面，我得亲你哪里才比较好呢？"

顾风低哑的声音连哄带惑，钟荧只觉心颤了下，整个人都发麻了："你敢……"

"我想，"大男生垂下眼，眼里都是她，"这么想一下也不可以？"

"哎，前面盖着衣服、'此地无银三百两'的那两个，可以把外套还给我了吗？我和姗姗还等着用呢！"

"！"

顾屿然竟然还在后面，羞得钟荧直接想冲出外套，但临走前还是忍不住跟顾风说了句："小风，你真的很棒啊！"

顾风低低地笑了："因为你啊。"

因为身边有了你，他无所畏惧。

之后第四轮比赛中，排名 41 的顾屿然便撞上了世界排名第 6 的大黑马，双方进行了长达两个小时的激烈厮杀之后，顾屿然最终无缘进入 8 强。而顾风竟然靠左手出色的上旋球击败了 4 届赛会的冠军、世界排名第 9 的法国名将杀入了 8 强！

而穿着印有"屿神最棒""小旋风超棒"T 恤的家人和朋友们则在看台上，激动地拘在一起又哭又笑，这真是一场令人终生难忘的赛事。

就连坐在第一排，从比赛一开始便全程神情严肃一言不发的郑教，也在顾风赢下第四轮比赛之后，彻底按捺不住激动万分的心情站起身，喉咙滚烫眼圈发红为两兄弟不停地鼓掌！

他们真的太给力了。

一个拼尽了全力毫无遗憾，一个赢得精彩干脆利落！

最后，顾风在 1/4 决赛对阵世界排名第 2 位的网球天王。

国内外媒体都炸了，巨大的体育版面都用来评价这位首次参与澳网便杀入世界 8 强的中国小将。称赞其能力可圈可点，沉着的应对能力和过人的胆量很难让人相信对方年仅 19 岁！甚至还在网络上高调 @ 亚洲一哥、世界排名最高曾达到过第 4 名的选手，笑言："是否有一种岌岌可危的不安感？"

亚洲一哥也霸气回复了："只要能刷新亚洲最高排名，我第一个欢迎！"

国内就更别说了，体育台全程直播跟踪报道，而等待顾家兄弟回国，打算在机场迎接的人数听说已达近三千，有体育局的领导、工作人员，还有大批网民。

紧张的备战期，钟荧几乎见不到顾风，可是一想到赛场上的他，她就像续航似的能高兴一整天。

此刻，正在直播 1/4 决赛。

对手是转职业选手超过 20 年的瑞士名将，是众多评论家和现役

队员公认的史上最伟大的球员之一。他拥有全面稳定的技术、超高的精准率和令人拍手叫绝的华丽球风。

面对这样强大的对手，顾风也算是剑走偏锋了，选择了还不熟练但能打出爆发球的左手，正可谓艺高人胆大，尽力一搏而已。

顾风擅长大角度斜线球，可以调动对手在场地四处跑动，但是因为挥拍动作轨迹大，也给了对手预判的机会，特别是对手还是经验老练的天王。

天王破解他的战术也不过是几分钟的事情。

甚至在天王的发球局，天王还来了个时速 167 公里的 ace 球，快到让顾风毫无招架之力！

顾风下意识地有些战栗地咽了下口水，揉了揉发梢上的汗。备战期他看了太多天王的资料，天王最高球速曾达到过 201 公里。

这只是一般发挥而已。

"不愧是天王，知道如何让对手不适应！"

"但是顾风能保下自己的发球局，也充分发挥了自己作为左手选手的天赋啊！"

左手发球局不好接，特别是再打偏一点，对手很难控制回拍的力度容易打出界限。

而在之后关键的第四局，毫不畏惧的中国小将也展现出了左手选手的所有优势和不可思议的奔跑能力，甚至打出了堪称经典的借力打力！

原本是国外选手反拍斜线先打开了角度，但是顾风竟然借力打力，接到了对方的大角度球，然后勾出了更大的回击角度，天王判断失误，只能硬生生地看着网球滑过球拍而无法接住。

观众席兴奋得传来了一阵接一阵的热烈掌声！

场上外国观众偏多，都有自己喜爱的球星，天王粉丝更是占据了一大半，但是这么多场看过来，脸上涂着两个球员的名字，双方都支持的观众也不在少数，毕竟体育无国界。

优秀就值得喜爱。

但是，顾风为了第四局消耗了太多体力，最终止步澳网八强。

这也是第二位闯进大满贯八强的 95 后亚洲球员！

钟荧在场边手心都拍红了。

中国进入澳网正赛的只有顾家两兄弟，也因此，中国队员在澳网的所有比赛都已圆满结束！

钟荧红着脸上前采访，顾家两兄弟都双手背在身后，眼角含笑看着她，就像在对她说，看啊，这就是你从小到大认识的朋友，表现得还算不错吧？

什么不错啊……能认识他们，真是钟荧一生的骄傲好吗！

钟荧热泪盈眶，先把话筒递到哥哥顾屿然面前。

向来傲慢不羁的顾屿然也鲜有地正经了起来。纵使对手是世界前十，不服输的他仍然有少许不甘和更多的期待："我们还年轻，这里将一直都是我们征战的主场。"

然后，钟荧这才内心怦怦直跳地看向一旁的顾风。

他真的是块磁铁，能吸引住所有人的目光。

而他所有的目光，都只在她身上。

大男生如沐春风般微笑着，狭长的眼眸微微眯起。

他略一垂眼，便看到了女生白色短袖上的几个小字——小风和阿

荧。

顾风和钟荧。

这才是他心里最美丽的诗。

"澳网8强只是今年的开端而已。"

钟荧的心怦怦直跳："8强已经可喜可贺，为了这次征战，你们一定付出了很多心血和汗水，和瑞士天王对战，有什么感受？"

"很强，希望今后的对手都能是他。"

闻言，钟荧愣了下："不胆怯吗？"

顾风笑了下："为了成为让人胆怯的对手，这是必不可少的过程。"顿了顿，他又收回了笑意，眼神坚定而清澈，"未来的征途还长，汗水都交给我们，大家只需要期待就好了。"

真是……太令人热血沸腾的回答了！

并且这次的大男生显得很温和，也特别配合，偶尔还会抬眸补充一句，就连摄像师都免不了多看他一眼，记得半个月前的国际赛上顾风还惜字如金来着。

而且，甚至在说完了今天的比赛感想后，还似笑非笑地看着钟荧："或者我在镜头前教一下主持人简单的打网球姿势，这样热爱网球的市民也能有更好的了解。"

闻言，钟荧连心脏都忘记了跳动。

她错愕地看了一眼大男生，顾风却一副再温和不过的笑容："这个建议还不错？"

所以在顾风当着全国观众的面，握住她拿球拍的手微微往上提的时候，钟荧整个身子都紧张得绷紧了，清晰的心跳声响彻在耳畔。

不要亲她啊，千万不要在这个时候亲她啊……

顾风的气息就在自己身旁，被他触碰到的肌肤也在一点一点地发烫，她不自觉心猿意马地抬头看他，正对上他漆黑发亮的眼眸。

顾风扬了下嘴角，压抑着某种涌动的情绪低哑着声音对她说道："别紧张，我是真的想抱你，也是真的想教基本动作。"

而且，在他看来，运动员和体育主持谈恋爱，是多么积极向上的事。

这是属于他的战场，眼前人是属于他的女孩儿，他不会再做过多亲昵的举动，这一寸独属于两人的光阴，就已经足够。

- 全文完 -

♥ *Tian Mi Shang Xuan* ♥